无婚

李昕桐 / 著

作家出版社

图书在版编目（CIP）数据

无婚 / 李昕桐著. -- 北京：作家出版社，2023.4
ISBN 978-7-5212-2199-2

Ⅰ. ①无… Ⅱ. ①李… Ⅲ. ①长篇小说 – 中国 –当代
Ⅳ. ①I247.5

中国国家版本馆CIP数据核字（2023）第026039号

无　婚

作　　者：李昕桐
责任编辑：苏红雨
封面设计：刘　波
版式设计：丁奔亮
出版发行：作家出版社有限公司
社　　址：北京农展馆南里10号　　邮　编：100125
电话传真：86-10-65067186（发行中心及邮购部）
　　　　　86-10-65004079（总编室）
E-mail:zuojia@zuojia.net.cn
http://www.zuojiachubanshe.com
印　　刷：北京盛通印刷股份有限公司
成品尺寸：145×210
字　　数：146千
印　　张：7.5
版　　次：2023年4月第1版
印　　次：2023年4月第1次印刷
ISBN 978-7-5212-2199-2
定　　价：48.00元

CONTENTS
目录

过家家

我妄想着成为那很少部分的人，

所以我尽量理智，且保持一定的冷漠，

我想我可以从容地选择一切，包括死亡。

然而我忽略了一个二十七岁的女人

对多巴胺和肾上腺素的束手无策……

透过人群中的缝隙，

我看到被她紧紧拉住的常远的手，

对！是的，她是刘琪。

小时候我们曾住在同一个大院里，

一起玩过家家。

随着大舅高高举起的双手，瓦盆应声而下，摔得稀碎，如同许多人的人生一般。

此时此刻的我二十七岁，好看，不胖，却没有谈过一场真正的恋爱。这样奇葩的话题，曾在各种聚会上被当作谈资，但奇怪的是，我并不难过，反而庆幸。所谓最美好的时光，永远都在恋爱开始的最初，没有开始也就没有结束，这是我在劝慰身边一个又一个因为失恋而感到痛苦万分的闺蜜时，颐指气使的最大资本，每每她们都会泪眼汪汪地望着面无表情的我，当我结束了最后一句话后，她们最终都会扑到我的怀里，然后一把鼻涕一把泪地述说着她们和渣男的是是非非，每当这时，我都会收起本该用力抱抱她们的手，而是用手掌轻轻拍拍她们不太瘦弱的肩膀，告诉她们人要有记性。

记忆中的这一天刺骨地冷，姥爷的灵堂就搭在他们家楼下的空地上，黑色的棚子里，摆满了花圈，姥爷的黑白照片就这样安稳地摆放在中间最显眼的位置。照片上的他看上去没有一丝的痛苦和留恋，我曾久久地站在灵堂的门口注视着这张慈祥的面孔，完全忘记了那天的冷，只记得心一阵阵地疼。亲朋好友走了一拨又一拨，看着不停忙碌的姥姥、妈妈和大舅，忽然觉得我似乎应该帮忙做些什么，可又觉得自己完全插不上手，很多人的寒暄都那么公式化，只会让我心里的疼，蔓延得更快。

姥爷去世的这一天，是 2007 年的冬天，与之前的每一个冬天一样，寒冷而清冽。今天更是异常地冷。前些天刚下过的一场大雪，还没来得及完全融化，早上就又飘起了零零散散的雪。在病榻上躺了七年的姥爷选择在这样的日子离开我们，也许是想让我们冷静地面对他的离开。我这样琢磨着，却突然意识到，在这样的日子，我居然在认真地思考这个问题，我觉得自己真的该死，难道不是应该多流流眼泪，去怀念一下他在的日子吗？而我却一直控制着尽力不让自己流泪，虽然阵阵的疼已经几乎蔓延到身体的每个角落。我在担心流泪的时候会想到那些在我怀里哭哭啼啼的女人们。不知道为什么，我经常在自己想哭的时候，想起她们痛哭流涕的模样，然后就不再想流眼泪了。今天也是这样，我一直没有哭，在别人眼里，我分明就是这灵堂里的异类；在家人眼里，我也许还是那个不懂世事的孩子；在我眼里，我跟那些一走进灵堂便开始哭的人的确不一样。蹲在一旁烧纸的我，看着不同形式、不同方式的哭，曾认真地猜想，那些哭得撕心裂肺的人，心里到底是有多疼，但我终究还是猜不透的。

到了深夜，外面的温度就更低了，雪停了又下，下了又停，被月光穿透的雪仿佛一根根银针，直插在大地之上。一直待在灵堂里面的我跟它并没有太多的交集，只是在火光闪烁的瞬间仿佛听到它坠落的声音。这会儿灵堂里清静了许多，很多人都去了姥姥和姥爷家里，灵堂里进出的人也少了许多，家里人轮流在灵堂守夜，而我却一直不愿离开这里。姥姥叫了我几次，让我上楼去睡觉，我仿佛没有听到她的话，她也便不再叫我。也许在她的眼里我不再是那个少时乖巧伶俐的丫头，更像是块"石头"，这么大年纪还一个人独来独往，不知道是不是脑子或是身体出了问题，但奇怪的是我却从未认为这对我来说是件坏事，其实无论是脑子还是身体的问题都可以靠自己解决，麻烦别人比麻烦自己更麻烦。

有人曾跟我说："女人学哲学对哲学和自身都是一种伤害。"我一边烧纸，一边反复思考着这句话的对错，眼前的火堆周围有一个圆形的淡红色的光圈在颤动着，仿佛被黑暗阻住而停滞在那里的样子。忽然，揣在军大衣兜里的手机响了起来，思绪被一连串的铃声所打断。我拿出手机，上面的时间是凌晨两点二十五分，"常远"这个名字在手机屏幕上闪动着，我迟疑了一下，接起了电话。

对方急迫的声音马上传了过来："我刚听说，你怎么不告诉我？"

半个小时后，常远出现在灵堂的门口。我看到匆匆赶来的他，站起身走向他。可能是离开了火盆，抑或是怎样，我打了个寒战，随手把披在羽绒服外面的军大衣裹得更紧了些。他一脸严肃，不知是眼花还是外面太黑，我看到他眼睛里闪烁着某种东西，我顿时精神了许多。

我用手掌轻轻拍拍他的肩膀："没事，就是冷。"

他递给我一个白色的大塑料袋，一言不发地走进灵堂，我就站在灵堂门口，看着他给姥爷上香、磕头。不知怎么的，刚刚消退了些的疼，又一阵一阵地翻滚起来，我竟开始害怕看他的背影，也许是因为我发现他的背在微微地颤抖。我庆幸这会儿灵堂里只有我在，不然这场面好不滑稽，一个穿成熊一样的女人，正努力地抬起头，看向夜空中最亮的那颗星星，但其实那天的夜空中并没有星星。就像对于姥姥来说她失去的是一个丈夫，对于舅舅和妈妈来说失去的是一位父亲，但也许永远也没有人会明白对于我来说失去的不仅仅是姥爷。

我打开常远留下来的白色大塑料袋，里面装的全部是巧克力，各式各样的巧克力，难怪他刚走的时候，叮嘱我一定赶快打开。有人说："心情不好的时候，吃甜食可以令人快速愉悦。"其实原因是吃下去后，会使胰岛素快速增加，而胰岛素会使酪氨酸与苯丙氨酸在血中浓度降低，使色氨酸在竞争上处于优势，很快进入细胞中转换成血清素，进入脑中，使人有愉悦感。所以，其实身体内的色氨酸的浓度依然很低，但却达到增加血清素的目的。不可否认的是这种暂时性的欺骗比肾上腺素更加适合我，看来常远是了解我的，也许是因为我只是冷静地拍了拍他的肩膀，而不是像其他女人那样扑进他的怀里吧！

话说回来，有女人主动扑进他的怀里也是正常的。常远小的时候就眉清目秀，记得小时候一起玩过家家，我们经常让他扮演一些女性角色，比如姐姐、妹妹，甚至是妈妈。长大后的他褪去了一些稚气，添了几分帅气，这样的男人怎么可能没有女人投怀送抱。但奇怪的是他竟然一直没有女朋友，前几年听说有人取笑他是gay，还有一些莫名其妙的男人开始勾搭他，他的家人也跟着着急上火。就在去年又听说，他终于找了个女朋友，家人和身边的人都松了一口气，而他的女朋友，正是我们小时候一起玩过家家时经常扮演爸爸的那个女孩儿刘琪。后来才知道原来刘琪一直在等常远，看来"守得云开见月明"这句话，偶尔还是成立的。就像我的左臂上长着两颗排列很整齐的很小的痣，我总觉得它们像是两只眼睛，我看着它们的时候，它们也看着我，好像要跟我讲什么似的，但突然有一天我发现，有一颗痣消失了，是真的消失了的那种，现在看着剩下的一颗痣，就只觉得它是颗痣了。

我看到老妈蹲在一旁烧纸，她应该是在我胡思乱想时走进来的，又或者是我刚刚做了个梦吧！我试图撸起袖子，想去看看剩下的那颗痣是不是也溜走了，但军大衣太过厚重，费了很大的力气也只能露出手腕的部分，我又狠狠地把袖子拽了回去。再抬起头的那一刻，我看到微微的火光映衬在老妈的脸上，其实她的脸真的很好看，她年轻的时候是出了名的美人，可惜岁月不曾饶过谁，我竟然才发现她的手干枯且很无力，她瘦弱的身躯在火光下来回地摇晃。我开始觉得眩晕，我想走过去，用力地抱紧她，但我很久没有抱过别人了，这是不是那颗痣离开我的原因呢？我努力地抬起头，试图找寻夜空下的星星，可终究没有找到任何一颗星星。就这样，有一种叫作眼泪的东西缓缓地从我的眼睛里流了出来，这一刻，我只记起了我爸扔下我们时，我对我妈说的那句话："我会替他来照顾你，别怕。"

姥爷出殡的那天，雪停了，但温度依旧很低，路面上结的冰黑亮黑亮的。身披孝衣的大舅扑通一声，跪在斑驳的冰面上，那一瞬，我又不争气地哭了。我能明显感受到眼泪涌出时的温度，但我惊诧于它在脱离眼睛后，竟冷得那么快，正如一些外在的因素能够很轻易地改变我们一样。家人依次跪在大舅的身后，我就跪在离大舅不远的地方，他的一举一动很轻易地牵动着我的心，我从来没有对颜色有这么深刻的认识，然而眼前这一片片的白与黑，幻化成了我这辈子最难以忘怀的颜色，对我来说这是一种声嘶力竭的颜色。

亲戚朋友很早便到了，除了我妈妈的弟弟——我姥姥、姥爷最疼爱的小儿子——我的小舅舅没有来，其他我认识的不认识的，或是八竿子打不着的人都到齐了。跪在地上的大舅把之前准备好的瓦盆高高举起，使足了力气，向地上摔去，瓦盆被摔得稀碎。摔盆之后就可以出殡了，这意味着与亲人的永久别离，跪在后面默默流泪的我，突然觉得姥爷的一生就这样灰飞烟灭了，我的心顿时像被谁紧紧抓住了一般，并且那只手丝毫没有要松脱的意思，揪得我快要喘不上气。

听说摔盆有种说法，说阴间有位"王妈妈"，要强迫死者喝一碗"迷魂汤"，使其神志迷糊，以致不能超生，儿子必须准备正中有一圆孔的瓦盆，可使"迷魂汤"漏掉，并打碎瓦盆，以免死者误饮，这样死者便可以超生。这说法显然比灰飞烟灭来得好得多，我强迫自己去相信姥爷会因为这个瓦盆的破碎而一切周全。

2000 年的夏天，姥爷在一次游泳后，突发脑出血，猛然间摔倒在地，因为救治及时，他很幸运地保住了一条性命，可却永远下不了床了，这样一躺就是整整七年。这段日子他不能说一句完整的话，不能走路，两只手也严重萎缩，吃饭靠人去喂，大小便靠人去接。但我始终相信他是有意识的，他清楚自己的状况，他的眼睛是清澈的，当我们喂他吃水果的时候，他会有明显拒绝的态度，我想他是因为担心吃水果，会比较容易撒尿。我清晰地记得小时候，每个暑假住在姥姥、姥爷家，姥爷每次下班都会买很多水果回来。他最爱吃的水果就是桃子，他也很会挑水果，他买的桃子又红又大，一口咬下去，桃汁会溢满整个口腔，仿佛那种甜流淌到了心里。其实，人有时候真的很容易满足，只是可惜这种容易得到的满足感都存在于细小的瞬间，这种瞬间的特点是，短暂，易流逝。正如同长大后的我们不断追求的幸福感是一样的吧！但我能确定的是，这会是我这辈子吃过的最好吃的桃子。

我偶尔会去想，姥爷这七年是怎么熬过来的，有没有哪一刻，想到过死。记得他第一年卧床，有好几次他莫名其妙从床上掉在地上，他是否曾想要做些什么？但慢慢地他不再有这样的举动，我想是因为姥姥胼手胝足的照顾，妈妈和大舅摩顶放踵的陪伴，还有我这个话痨不厌其烦地陪他聊天，才让姥爷坚定了想要留在我们身边的信念吧！这样的坚持真的太不容易，就连医生都惊讶于他在得了非常严重的脑出血后竟然还能坚持七年之久。这一刻，只愿姥爷再没有病痛的折磨，这样想来，我被揪住的心，缓缓地松了下来。

殡仪馆里，来参加遗体告别的家人和朋友按着次序排列在姥爷遗体的两侧，在主持人深沉的声音中，我看到姥爷的遗容是如此地安详，我再一次觉得也许这对于姥爷来说真的是件好事。主持人宣布默哀后，大厅里奏起了哀乐，这三分钟对我来说是短暂且漫长的，因为我清楚地知道下一刻，姥爷就真真正正地不在我身边了，他的肉体会随着一道火光而湮灭，所以我想尽力地拖长这三分钟，我不想轻易去接受至亲至爱的泯灭。

有人认为人是有灵魂的，而死后，灵魂会和肉体分开，比如灵魂论者认为人死的刹那，灵魂离开了，所以那具肉体就从生机勃勃变成了死气沉沉，所以灵魂是存在的。但我却一直认为这是无稽之谈，我曾觉得不管从任何方面考虑，灵魂都没有存在的必要，更不会把宇宙的神奇奥妙，归结于人的灵魂，我赞同人死了就会被火化为二氧化碳和无机盐的观点。然而这一刻，我却在思考死亡的本质是什么。这是我长这么大，第一次认真思考这个问题，我想我是真的长大了吧！我的思绪在不停地翻滚，去反复论证自己一直以来的观点，最后它停留在两个问题上。

第一，如果一个人没有了意识，成了一辈子的植物人，那么可以宣布他已经死了吗？

　　第二，如果一个人肉身已经不在了，但他留下来的著作却一直广为流传，在这种情况下，他死了没有？

　　这样想来，很多人活着却不如死了，很少人死了却仿佛活着。

　　我妄想着成为那很少部分的人，所以我尽量理智，且保持一定的冷漠，我想我可以从容地选择一切，包括死亡。然而我忽略了一个二十七岁的女人对多巴胺和肾上腺素的束手无策。

　　当我发现常远正站在对面的人群中，直勾勾地目视着我的时候，我竟快速地跳出了这个关于死亡的追溯。我总觉得他眼睛里有某种东西，我不知道那是什么，但我清楚自己不敢久视这样的眼睛。正当我快速躲开这双眼睛的时候，我看到他身边站着一个女人，她黑衣黑裤，一头乌黑的长发倾泻在肩膀两侧，一双丹凤眼炯炯有神。她分明也在注视着我，我没有回避她的目光，但当我意识到她看起来很眼熟的时候，她先逃开了我的目光，而把自己的目光停留在自己斜下方四十五度角的地方，我竟跟着看了过去，透过人群中的缝隙，我看到被她紧紧拉住的常远的手，对！是的，她是刘琪。

　　小时候我们曾住在同一个大院里，我们一起玩过家家的时候，刘琪经常扮演父亲的角色，那时的她黑胖黑胖的，留着一头短发，说起话来铿锵有力，院子里的大人们都拿她当假小子看，我们几个女孩儿都曾觉得跟她一起玩更不会被别人欺负。现在看来那会儿的我们错得有点离谱，其实一切外在的东西都是可以改变的，也许唯有心里的那份坚持是永恒的吧！就如同刘琪那双丹凤眼里流露出的坚定的眼神一般，我猜想，她现在一定不会再那样大声地说话了，起码看上去现在的她如此这般地温柔，而这份温柔是我遥不可及的。女为悦己者容，这句话原来是真的，我甚至开始怀疑，当初她愿意在玩过家家的时候扮演爸爸，是因为常远经常扮演妈妈。

哀乐在这个时候骤然停止了，我眼前仿佛出现了幻觉，常远正站在我的身旁，他的手用力地握紧我的手。我的手心开始不断地渗出汗，脸也开始烫起来。眼前开始不断地闪回一些似有若无的片段，小时候玩过家家，常远这个"妈妈"经常会拉起我的手，为了哄我这个不太听话的"女儿"，还会在我的额头亲上一口，那时的我根本没有脸红过，也从未放在心上过。我开始怀疑这些事情的真假，也许这样的事情从来就没有发生过，可到底什么是真的，什么又是假的呢？

有人说，人在超过二十四小时不睡觉后，便会出现幻觉。多年后的我，再去回想姥爷出殡那天的情景，我怎么都记不起常远那天是不是真的来过，更不要说刘琪是否曾站在我的面前，紧紧拉着常远的手。在我的记忆里常远和刘琪唯一一次牵手，是在他们的婚礼上。当常远从刘琪父亲的手上接过刘琪的手，那一刻，我曾开心得想要流泪，但我固执地低下了头，并不是我在吝啬自己的眼泪，而是我觉得开心是应该笑的。于是当我抬起头时，我努力地挤出一个标准的微笑，我看到所有人都在努力笑着，再一次证明了我的选择是对的。我在想，可能是刘琪身上雪白的婚纱，让我回想起了一种声嘶力竭的颜色，我不敢再去直视，但不可否认那一刻它的确美极了，美到了多看一眼就会让人感到窒息的地步。那一刻，我想我可能永远都不会与这不可方物的美扯上半毛钱的关系。然而，生活就像一盒巧克力。

姥爷去世后，姥姥把他的骨灰盒埋在了市郊的一块墓地里，那里环境优雅，有青山和绿水环抱，听说在这样的地方，人可以得到安息。听起来好像比活着还要好。我曾一度认为在那里可以忘记一切烦恼，现在想想应该是因为我每次去墓地看姥爷，都要跟他唠叨个没完没了。也许是因为他卧床那些年，我时常陪他聊天的缘故吧！他走了，我反而找不到可以肆无忌惮倾诉的对象，原来姥爷一直是我的忠实听众，是他一直不厌其烦地听我唠叨，并非我在陪他聊天。我想是因为姥爷当时不能说话吧！不然他会不会早让我闭嘴，别再去烦他呢？也许他在心里已经默念了一万遍："你赶快去找个男人听你唠叨吧！"

　　姥姥在姥爷去世后也清闲了许多，不用再去照顾卧床的病人，她也可以有自己空暇的时间。但好几次我看到她站在姥爷的黑白照片前发呆，一站就是好久，这时候我不敢去打扰她，更不想去破坏另一个维度里的思念，我想就这样望着，仿佛就会离所谓的幸福近了些。姥姥把姥爷的黑白照片挂在了次卧的一面墙上，黑色的镜框总是一尘不染，镜框里的姥爷笑得如此灿烂，仿佛生活里的磨难从未降临过一样。姥姥经常对他念叨的一句话就是"早知道你走得这么早，我就不嫁给你了"。跟我们常说的却是"等我死了，一定把我的骨灰跟你姥爷葬在一起"。我们总提及嘴边的爱情大抵就是这个模样吧！

　　姥姥和姥爷是相亲认识的，那个年代的人很少有自由恋爱的，可他们却是我的家人里唯一一对没有离婚的。让我感到疑惑的是，那个年代的婚姻为什么可以坚守到最后，他们的婚姻里不是没有问题，也许是因为面对问题时的态度，又或者，我甚至觉得"婚姻"这个词对他们来说就是一辈子的意思。而我们这个时代，科技越来越发达，车马不慢，鸿雁比邻，很多词汇都有了新的解释。姥姥家的书柜里除了摆放着很多书，还有很多影集，小时候我经常在那里一坐就是一个下午，除了看书，我还喜欢拿影集出来翻看，影集里大多数都是黑白照片，那时候的摆拍没有那么地刻意，随便一处风景就可以当作背景，不过几乎每张照片都有标志性的灿烂笑容，那种骨子里散发出来的幸福气味，就连土得掉渣的乱卷头看上去都显得那么可爱。

　　有一本相册是我最为喜欢的，里面的照片都是按照时间顺序排列的，相册第一张就是姥姥和姥爷的结婚照，姥爷帅气的模样不比现在的小鲜肉差，姥姥虽不是什么大美女，但优雅的气质一目了然。接下来的几张是姥姥和姥爷有了大舅，有了妈妈，有了小舅舅，家里每添一位成员都会去拍个集体照。姥姥只生了三个孩子，听妈妈说，是因为姥姥怀孕时妊娠反应非常强烈，吃什么吐什么，姥爷实在不忍看到姥姥那么辛苦，生完小舅舅后，就说什么都不让姥姥继续生孩子了。在那个年代，家里只有三个孩子算是比较少的了，而且只有我妈妈一个女儿，妈妈自然成了姥爷的掌上明珠。妈妈总跟我念叨，姥爷经常骑着自行车，带着她去外面"吃独食"。那个年代的零食无非就是那么几样，妈妈无数遍地跟我重复着，这个好吃，那个好玩。说那会儿的东西现在都没有了，什么都比不了，说这种话的时候，眼里分明有东西在闪烁，我只敢偷偷地看上那么几眼，因为看多了，心会疼。我知道她是在怀念有姥爷在的日子，哪怕是姥爷卧床不起的那七年，她也不曾想过他会离开吧！就像当初她怎么都想不到爸爸会扔下我们一样。

　　我和大舅家的姐姐都是姥姥帮忙带大的，我们俩一个白一点，一个黑一些，一个沉静如水，一个活泼伶俐。每年过年都会穿一样的新衣服，我们其实都不喜欢跟对方穿一样的衣服，但大人们以为我们是喜欢的。虽然我们一起长大，但奇怪的是玩过家家的时候，我们从没有扮演过彼此的亲人，大多数的时候，我和常远，还有刘琪扮演着一家三口，她和另外几个小伙伴扮演着一家人，我们会模仿很多情节，比如偶遇、重逢，或者是一见钟情。很多时候我在想，那会儿的我们怎么知道什么是一见钟情？可想来想去，那会儿我们模仿的一见钟情还真的是一见钟情，是长大后我们都不曾再去相信的东西。姐姐长得除了黑一点，其实也还算好看的，五官也很精致，但小时候我们哪里知道什么是精致，因为长得黑，姐姐经常扮演哥哥、弟弟，甚至是爸爸这样的角色。现在去想，也许是因为这个原因，我们才没有扮演一家人的机会吧！可我们却阴差阳错地扮演过一次情侣。

记忆中，那是一个初夏的黄昏，落日的余晖呈现出金色的光波，洒进房间的每个角落，房间里一切东西的影子都被拉长，浓郁的绯红衬托着渐深的暮色，仿佛将世界笼罩在它的温暖之中，又或者是要将每个黑暗的角落照亮。那一刻，我被睡在我身旁的姐姐推醒，我微微睁开眼睛，正被眼前的景色所吸引，她却把食指放在嘴前"嘘"了一声，我想她叫醒我的原因应该不是这景色，于是马上精神了许多。她示意我坐起身，并提醒我小声一点，我按照她的要求做了，她又对我招手，我才发现她已经站在了地上，我起身，跟着她蹑手蹑脚地走到门边，我以为她要开门，但她却踩在了门口的凳子上，从凳子又爬到了旁边的五斗柜上，她又对我招手。多年后的我在想，是不是一直保持着小孩子般的好奇心，就可以发现所有人的秘密？我跟着姐姐踩上了五斗柜，我们踮起脚，墙壁上方有一个小透气窗，那里是通向另一个房间的过道，走廊里比较黑，只有这个小透气窗可以透出一些光亮，夕阳下的过道显得更加地漆黑，我奇怪那金色的光波为何没能把那里照亮，因为我们俩正朝那里望去。

　　就这样，两个五六岁的孩子踩在五斗柜上，看到了一个陌生男人的背影和一个有些熟悉的身影纠缠在一起，他们的嘴巴撕咬在一块。那一刻，我突然觉得有些渴，每次睡觉醒来，姥姥都会给我和姐姐准备一些水的，今天我们醒得比平时早了很多，所以自然是没有水喝的。透气窗外的情景对我俩来说并没有太大的吸引力，我们更担心的是这一刻，有人会推门而入，发现我俩正踩在五斗柜上。于是我们俩很快回到了床上，我在努力思考着大人的行为究竟代表着什么，我猜姐姐也在这么想着。

　　姐姐小声地说："我想去厕所，但门锁住了。"我看了看她，小声地说："我想喝水。"

　　于是姐姐抱住了我，我觉得她的呼吸越来越近，她的嘴巴贴在了我的嘴上，难道大人们是因为"渴"吗？我突然觉得也许是的吧！

好看的弟弟

夕阳下的余晖不知在什么时候偷溜进房间，

金色光波的映衬下，

小舅妈脸上挂着的泪，

如同她耳朵上的珍珠耳环一般莹亮。

这光波却让我感到无限地压抑……

"我妈经常说我长得像他，呵！"

弟弟的语气里带着些许的不屑。

我看向弟弟，

笑着说："你更好看一些。"

　　爱一个人到底可以爱多久，一瞬？一年？还是一辈子？也许在如今这个时代已经没人会在乎这个伪命题了，但很多人忽略了，这个问题是有前提的。其实爱情里棋逢对手才算是真正的匹配，最怕的是一方的爱只在一瞬间，而另一方却还想要爱一辈子。更可怕的是，这样的两个人结婚了。比更可怕还要可怕的是，这样的两个人竟然还有了孩子。

　　我的小舅舅和小舅妈就是这样的两个人。那年我七岁，小舅妈剖腹产，生下了小舅舅的孩子。产后的几天，医院里只有姥姥和姥爷忙前忙后地照顾着她，小舅舅只在孩子出生的那一晚出现过，之后就再没有出现过，听说是去了南方做生意。小舅妈出院后，就带着孩子和姥姥、姥爷生活在一起。那个暑假我经常去姥姥家看刚出生没多久的弟弟，他躺在宽大的床上，看上去是那么地小巧玲珑，我特别喜欢摸摸他软软的小手和小脚。每当这个时候，我就在想，自己小时候是不是也跟他一样渺小。可我知道，他终究会和所有人一样，会慢慢长大，会明白或者永远也搞不明白大人们之间的种种情感。

弟弟长得像小舅妈，但眉宇间却像极了小舅舅。小舅妈抱着弟弟的时候，经常对弟弟说的一句话就是："你长大了可不能像你爸一样没良心，知道吗？"我相信弟弟是听不懂的，因为那一刻，他分明在笑，有时候还笑得发出"咯咯"声。

我喜欢凑近了看弟弟的脸，因为他长得真的是好看极了，有时候甚至觉得他比自己还要好看一些。圆溜溜的眼睛上，长长的睫毛温顺地附在上面，像极了那时我最喜欢的芭比娃娃。小巧的鼻子高挺挺的，我常常用手摸摸他的鼻梁，再摸摸自己的，唯恐自己的鼻子不及他的高。他的小嘴巴嘟嘟的，时常流出的口水就那样亮晶晶地挂在嘴边，笑起来就像是抹了蜜，难怪会觉得他笑起来甜甜的。不知道为何，我特别喜欢逗他笑，也许是因为看到小舅妈在哄弟弟睡觉的时候，常常会偷偷地哭吧！

小舅妈有着模特一样高挑的身材，皮肤洁白如雪，淡妆浓抹都楚楚动人。在那个还不以瘦为美的时代，在街上看到这样的女子，也是要多看几眼的。就是这样漂亮的一个女人，她深爱着小舅舅。我猜想，她那时并不知道一个道理，其实很多东西，永远没有等价交换，比如爱。她那时疯狂地爱着小舅舅，几乎给了全部，却什么也换不回来。同年的寒假，我就再没有看到小舅妈和弟弟了。听大人们说，小舅舅和小舅妈离婚了，小舅妈什么都不要，只要弟弟，也许是因为小舅舅自觉对小舅妈有所亏欠，在争了几次后，就放弃了弟弟的抚养权。除了弟弟，小舅舅还给了小舅妈一笔钱，但让大家感到意外的是，小舅妈没有要这笔钱，她告诉小舅舅要记得每个月给弟弟抚养费，直到弟弟长大成人。很久以后，听姥姥说，当时小舅舅泣不成声，一个玩世不恭、浪荡不羁的人终于在这一刻有了一些忏悔，只可惜小舅舅永远都没能学会珍惜。

　　小舅舅个子不高，但身材匀称，眼睛深邃有神，鼻梁高挺，嘴巴应该是那种所谓性感的模样，但其实我小时候真的不知道什么是性感，只记得他笑起来是那种坏坏的样子，诸如"陈冠希"之类的那种模样吧！他的魔力并不仅在于那张看了会令人痴醉的脸，而是他整个人散发出来的"气质"，显得多情，很多女人一不小心就会沦陷进去，小舅妈应该就是这些女人中的一个吧！也许是因为对这个好看的弟弟的想念，我总是有意或是无意地去问妈妈关于小舅舅和小舅妈之间的故事，妈妈一开始总是避而不答，随着我年纪越来越大，妈妈能对我说的也多了起来，慢慢地，我成为妈妈对她这个唯一的弟弟，无限挂念的倾诉对象。而我对我的那个好看的弟弟的挂念，也只能留存在心底，我对弟弟的记忆也就这样尘封在七岁那年的暑假。

长大后的我经常会回想起小舅妈嫁给小舅舅的那一天，那天我拉着小舅妈雪白婚纱的拖尾，走在她的身后，她笑靥如花，仿佛是坠入凡尘的仙子。那一刻，我觉得小舅妈比我最喜爱的芭比娃娃还要好看，我如此这般地喜爱她那身衣服，我想自己长大后是否也可以像她一般好看，可以穿上比我家窗帘还要好看的衣服。但即便是这样纯粹美丽的女子，终究也没能俘获小舅舅的真心。后来听说小舅妈带着弟弟嫁了人，那个人特别地爱她，对她和弟弟关爱有加，听说娶她的那个人非常地有钱，弟弟也因此上了贵族小学。但她还是会在每个月的那一天，去等小舅舅给弟弟的抚养费，只是她不知道，其实每个月打进她银行卡里的那些抚养费，在很早之前开始，就都是姥姥和姥爷给弟弟的了。因为小舅舅离婚后，没过几年就彻底消失了，就连姥爷的葬礼，他也没有出现过，虽然一些人还是无法将他遗忘。

有人说，人的细胞每七年就会全部更换一次，也就是说其实爱情的最长期限只有七年，根本没有一辈子的爱。

还有人说，有一些人的爱只在一瞬间，有一些人的爱却可以持续一辈子。

可我却觉得这个世界上真的有很多很多的人，一辈子都没有真正地爱过，因为对于一些人来说，爱并不是活着的必需品，就像小舅舅这样的人，我相信他一辈子也不懂什么是爱，所以婚姻这种绑定的方式，对于他来说也许是件很可怕的事情，而这种专属性对他来说更加无趣吧！

很长一段时间，我都在想，小舅舅到底有没有那么一瞬是爱过小舅妈的？弟弟的笑脸偶尔会出现在我的梦里，我很认真地告诉自己，应该是有爱过的吧！

爱一个人是不需要理由的，就像我爱你，但可以与你无关一样。所以这世上很多人可以用任何方式去爱着一个人，或卑微，或热烈，或无法理喻。我常在想，虽然爱可以有很多种形态，但也许婚姻不行，因为婚姻的前提是，要两个人都认同这样的绑定关系，而不仅仅是单方面的诉求，因此很多人曾打着爱的名义结婚，却又曾因为爱而离婚吧！

姥爷去世后的几天，小舅妈带着弟弟来看姥姥，这是她与小舅舅离婚后，第一次与我们见面。虽然生活在同一个城市，虽然惦念，但没有一个合适的理由，有些关系、有些人，还是更适合放在心中的。我觉得小舅妈对小舅舅应该就是如此，因为当她听到姥姥说小舅舅已经失踪了好多年，就连姥爷的葬礼都没有回来这样的话后，眼眶里明显有东西在闪烁，她极力想要掩饰住的悲伤，却统统在她失落的表情里一览无余。而坐在对面望着小舅妈的我，眼睛一刻也没有离开过她，我觉得小舅妈还是那样地漂亮，岁月并没有在她脸上留下多少痕迹，我想这也许是上天对她的补偿吧！坐在她身旁不停唠叨的姥姥想必也对小舅舅和小舅妈的这段婚姻感到惋惜，我突然觉得，也许是小舅舅没有这样的福气吧！我正想得出神，却看到弟弟站起身走了出去，小舅妈丝毫没有被弟弟的举动所影响，她一直很认真地在听姥姥絮絮叨叨地说着小舅舅的事情，当小舅妈听到，一直以来弟弟的抚养费是姥姥和姥爷帮小舅舅给弟弟的时候，一直故作镇定的她还是忍不住流下了眼泪。好在坐在她身边的我妈，及时递给她纸巾，我在担心她临来前特意化好的妆就这样被破坏掉了。

夕阳下的余晖不知在什么时候偷溜进房间，金色光波的映衬下，小舅妈脸上挂着的泪，如同她耳朵上的珍珠耳环一般莹亮。这光波却让我感到无限地压抑，我站起身走了出去。我推开房门，看到站在走廊的弟弟，他倚靠着楼梯扶手，一只手上夹着正在燃烧的香烟，他看到我，有些不知所措，快速地移开了眼神。我突然记起那年暑假，我常常去逗平躺在大床上的弟弟，他每次都发出咯咯的笑声，那声音如银铃般好听，那时我分明在他的眼眸里看到自己开心的模样，也许那样的时光，对于我和弟弟来说，终究是要一去不返的吧！我淡淡地笑了笑，轻轻地将门关上，走到他的身边，我也同他一样倚靠在楼梯的扶手上，我向他伸出手，轻声呢喃："给我来一根。"老旧的楼道里，发出阵阵的回音，那一刻，我们都笑了。

弟弟帮我点燃了香烟，我使劲儿吸了一口，感到胸口通畅了许多。我扭过头看着弟弟，这是继二十年前，我再一次这么近距离地看着弟弟的脸，还是一样地好看。他的眼睛已不再像小时候那样圆溜溜的，已然变得深邃有神，睫毛还是一样长长的，但已经没有小时候那般温顺，鼻子更是比小时候要高挺了许多，我的鼻子终究还是不及弟弟的高。这侧脸看起来很是熟悉，好像似曾相识。我正努力地回想，弟弟突然扭过头，看着我，我尴尬地低下了头，猛抽了一口烟，突然听到了一阵爽朗的笑声，那声音和我记忆中的没有一丝相似，我突然感到一种难言的失落。

"我好像记得你。"弟弟止住笑后，紧跟着一句莫名其妙的话。

我再次看向他，他的正脸更加地英俊，是的，我记起了这张脸，他像极了小舅舅。

那天晚上，我们一家人在一起吃了顿饭，说是一家人，其实也只有姥姥、妈妈、我，还有小舅妈和弟弟。大舅因为要上夜班，而没能出席这顿晚饭，我猜想，也许男人本身就不愿意出席这样的饭局吧！席间，我看到弟弟百无聊赖地看着墙壁发呆，话说三个女人一台戏，更何况还是多年未见的几个女人，女人们一旦打开话匣子，恐怕是连我这个青年女性也望而生畏的，更何况一个二十岁的男孩。所以我尽量不开口，说实话，我也真的插不上什么嘴。我索性也盯着墙壁，脑子里却在思索，这样好看的弟弟是否会重蹈覆辙，像小舅舅一样让很多女人为之着迷或是心伤。

"姐，抽烟去吗？"弟弟突然开口，我想他应该是无聊到智力出了问题。

因为在他这句话后，惊讶地看着他的不仅有我，还有我妈妈、我姥姥，以及小舅妈。

"你以为谁都跟你一样吗？"小舅妈脱口而出，态度完全没了刚刚跟姥姥聊天时的和蔼可亲。

我看看弟弟，再看看小舅妈，一时不知道怎么回答，忽然觉得桌子要是能再高一点就好了。

"你不是也抽吗？"弟弟漠然地说道。此话一出，只见小舅妈的脸一阵红一阵白，横眉怒目的样子，是我从不曾见过的，但不可否认的是美人在任何状态下，都是比常人要好看的。

看来此时最尴尬的不是我了，我快速站起身，走到弟弟身边，拍了拍他的肩膀，对他使了个眼色。

"走，抽烟去。"说完，我走向门口，听声音，弟弟应该是跟在了我身后。我自知说完这句话后，是不敢再回头看的，此时此刻房间里极为安静，只听到我和弟弟的脚步声。

老旧的楼道里，只亮着一个发着昏黄灯光的灯泡，我不再能看清弟弟的脸。弟弟娴熟地点燃了一根烟后，也递给了我一根，我没有接，摇了摇头，此刻我的确不太想抽烟，或者说，我是在担心门随时会被推开，自己会遇到不必要的麻烦。我会抽烟的事，除了弟弟，便没有一个家人知道，这是弟弟知道的我的第一个秘密。

他抽了一口手上的烟，声音极为低沉地冒出一句："他到底是个怎样的人？"伴随着烟雾，我隐约看见他眉头皱了一下，但很快就又松开了。

我努力思考着这个问题，很多词汇不断地闪现在脑海里，最后还是选择了极为简单的一个词。

"浪子。"我说完后，惊讶于自己的直言不讳，但同时我觉得，弟弟未必能理解这个词中更深刻的意义。

"我妈经常说我长得像他，呵！"弟弟的语气里带着些许的不屑。我看向弟弟，笑着说："你更好看一些。"

他到底是个怎样的人？

在东北冬天的深夜，路上的行人寥寥无几，路面上很多地方都结了冰，路灯下，斑驳的冰面反射出的光亮皎如日星。那天晚饭后，我和妈妈送走了小舅妈和弟弟，回来的路上，我一直在思考弟弟问我的这个问题，很显然我对自己当时的回答不是十分地满意，我纠结于它的准确性，以及这个答案对弟弟是否会有影响，我甚至有些后悔当时的口无遮拦。我紧紧地挽着妈妈的胳膊，似乎这样就可以抵御些许的寒冷。马路上偶尔会出现一些被冻硬了的黑白交杂的小雪块儿，或者不知是哪里掉落的乌漆墨黑的小冰块儿，我下意识地用脚将它们一一踢开，它们暂时远离了我的视线。妈妈这会儿的话也很少，应该是因为下午和晚饭时一直在讲话的缘故吧！人有时候在一定时间内说多了话，会有很长一段时间不想说话，我庆幸她这会儿不想说话，我在担心她一开口便会问我关于抽烟的问题，我不想去破坏这样安静的一段路，在我看来这样的夜晚、这样的一段路，并不是生活随机匹配给任何人的。不知从什么时候开始，妈妈将我踢开的小冰块儿、小雪块儿继续踢开，我们俩就像传球一样，这样她踢一脚、我踢两脚，仿佛挡在我们面前的小东西，都无法阻碍我们前进一般。但其实我是知道的，这样的下午和晚上，对于妈妈和姥姥来说，同样是难过的。

小舅舅他到底是个怎样的人呢？

关于他的故事，除了留存在我记忆中真真实实的那一部分，其他的都是我从妈妈和姥姥那里听来的，还有一些就是今天在小舅妈那里听到的。虽然多数是抱怨，但我似乎可以把很多零散的片段，完整地串联起来，我更在意故事的逻辑性，我需要的是一个严谨的故事。在妈妈和姥姥给我讲的故事中，小舅舅就像一个"传奇"一样，发生在他身上的故事，比电影中看到的情节还要精彩万分，就像后来，他突然就消失在我们的生活中一样，没有人知道他去了哪里、他过得怎样，留下的就只有在乎他的人对他的牵挂和难以言说的恨。他貌似从来就没有来过，却又给很多人留下了曾经来过的证据。

　　在姥姥版本的故事里，小舅舅是姥姥最疼爱的孩子，因为他是姥姥生的最后一个孩子，姥姥把所有的爱和希望都寄托在了小儿子身上。姥姥对他的爱远远超过了对大舅和我妈妈，以至于在小舅舅消失后，姥姥经常谴责自己，是不是因为太宠爱这个孩子，导致他的生活出了种种的问题？当我听到这个溺爱版本的故事，我就在想，我妈妈是姥爷最疼爱的孩子，小舅舅是姥姥最疼爱的孩子，说来说去大舅是那个爹不疼、妈不爱的存在。我突然很庆幸，自己出生的这个年代有了计划生育，让我不用去担心自己要跟别人分享父母的爱。我想，我在爱里应该是自私的吧！常听人说爱应该是无私的种种屁话，我恐怕永远也接受不了跟别人分享我的爱人这样的事情，所以我对人类朝三暮四这个事情是深恶痛绝的。这也许是我恐婚的原因之一吧！

　　当年姥姥为了让刚刚毕业的小舅舅能有个体面的工作，提前申请了退休，让小舅舅替补她的空缺。我觉得以前的制度，真的是荒谬至极，不过也就是因为这样的制度，姥姥提前进入了养老的状态，而小舅舅也因此有了一份正式的工作。在那个年代，能有一份正式的工作算是件很体面的事情，可惜在小舅舅眼里，这份以姥姥提前退休为代价换来的工作，根本不值得一提。第一天上班，小舅舅被师傅安排去扫地，他竟然把扫把绑在自行车的后面，自创了"骑车扫地法"。师傅看到后，气到说不出话。妈妈给我讲起这段故事的时候，我对小舅舅是敬佩的，换了我，我是甘愿拿起扫把默默扫地的，很多时候大多数人是不敢挑战制度的。虽然小舅舅在工作方面没有什么天赋，但他却深得姑娘们的喜爱，大概是因为脸好看，人又开朗热情吧！听说，他从来不带饭盒去上班，中午却常有各种各样的饭盒供他挑选。但他对饭盒里的"菜"还是很挑剔的，这点我也是敬佩的，起码饥不择食这个词，在他的世界里是不存在的。

　　小舅舅的第一份工作只坚持了不到一年的时间，这一段时间里，他交了个女朋友，也是第一次把所谓的女朋友带回家，我当时年纪很小，对这一段的记忆是空白的，听说这个女人也很漂亮，只是没有小舅妈身材高挑有型。同样的是这个女人也非常地爱小舅舅，一样的是小舅舅对所有女人都一样。在那个年代，见过家长，以为就会谈婚论嫁，于是那女人没能守住自己的底线，把自己能给的、不能给的，都给了小舅舅。她并不知道小舅舅根本没有想过结婚，女人当然是不肯放过小舅舅的，每天死缠烂打，于是小舅舅的第一份工作就这样结束了。他做出了一个重大的决定，他要和朋友去南方做生意，他觉得在单位上班没有发展更没有自由。实际上更大的原因是，他想逃离这个女人，越远越好。他并不想跟哪个女人一辈子生活在一起，起码那个时候的他是不想的。

小舅舅就这样瞒着姥姥去了南方，姥姥是在他走后的几天才知道的，气得姥姥病了一场，那几天姥姥也没有心思做饭烧菜，整天愁眉不展，姥爷下班回家就在饭店买上几个热菜，回家照顾和安慰姥姥。姥爷知道姥姥除了伤心更多的是担心，小舅舅从小到大就没给他们省过心，上学的时候经常打架，姥姥为了他能安定下来，牺牲了自己的工作，却万万没想到，这么来之不易的工作，就这样被小舅舅弄丢了。但这一切的责怪都不及小舅舅从南方打来的那个电话，听说姥姥接到小舅舅打来电话的当天晚上，就亲手做了几个拿手的好菜，又给姥爷泡上了一壶老酒。姥爷开心得像个孩子，两个人已经很久没有一起喝过酒了，上一次还是在我妈妈和我爸爸结婚的时候。

但姥姥不知道的是，姥爷托了很多关系，费尽周折，才找到小舅舅的联系方式。小舅舅打来的电话，是姥爷再三嘱咐小舅舅必须打给姥姥的，其中很多话并非小舅舅真正想说的，当然姥爷为此也破费了不少。

那天晚上，送走了小舅妈和弟弟，我和妈妈走回到姥姥家楼下的时候，路上都没有开口说话的她，终于还是打破了一路的安静。

"你学会抽烟了？"凛冽的寒风中，她的声音却异常地平静。

其实跟弟弟一起离开饭桌的那一刻，我就一直在思考该如何面对家人的质问，只不过对这个问题的思考是零散的，这个问题一直被夹杂在一些正在发生时的事情当中，但我清楚地知道肯定是躲不过去的。显然这质问来得比我想象中要晚了一些，但当她终于发问的时候，我才发现，我还是没能找到妥帖的答案。

"没有很认真地学过。"说出口的那一刻，我断定她对这个答案一定是不满意的。

我不太敢直视她的眼睛，挽着她胳膊的手，也渐渐松懈下来。"没抽多久的话，就戒了吧！"她说完，径直走进楼道，留下我站在原地。

楼道里昏黄的灯光下，她的背影逐渐变小，直到楼道里的声控灯灭掉，她的背影瞬间淹没在一片黑暗之中，我望着漆黑的楼道，觉得它会在某一瞬点亮，哪怕只是那抹昏黄。

冬天的风很细，很会见缝插针，它从袖口、领口缓缓地渗进来，即使裹得像粽子一样的我，也渐渐感到阵阵的寒意。我摘下一只手套，从口袋里掏出一盒烟，又摸出一只打火机。我打开烟盒，拿出一支，烟盒里还剩下一多半香烟，我将这根烟点燃。看着手上燃烧的烟，我在想，点燃一根烟的温度需要六百度，在这样寒冷的夜晚，独自站在寒风中的我，也许需要这样的温度吧！在夜色包围之中，猩红的火光格外地醒目，也许我需要的不仅仅是温度，可惜这根烟很快就燃尽了。我重重地呼气，再深深地吸气，寒冷的空气通过鼻腔，传递到全身，我打了个寒战。我盯着漆黑的楼道看，突然感觉自己会被什么东西吞噬掉，我感到风像刀子一样刮着脸颊，我将脖子上的围巾拉高，再拉高。我终于走向楼道，在经过楼道口的垃圾桶时，将手中的烟盒和打火机一同丢了进去，随着一声闷闷的声响，楼道里的声控灯亮了起来，我头也不回地走了进去。

那天晚上我做了一个梦，梦中妈妈对我说，你要原谅你爸，毕竟没有他，就不会有你。醒来后，我发现枕头是潮湿的。我看到妈妈留在桌上的早饭，第一次感到冬天的清晨也是有温度的。我记起昨天晚上，弟弟临走时跟我说的话，他说，他其实很想见见小舅舅。那一刻，我突然感觉不到外面的寒冷，觉得我这个好看的弟弟绝不会成为小舅舅那样的人。我目送弟弟和小舅妈的车远去，我在想，别人是怎样的人其实并不重要，重要的是我们自己要成为怎样的人。我的妈妈一直那么善解人意，我却曾把她的善意认为是一种软弱。很久以后我才明白，生活中很多不得已的妥协，最终都会随着时间的流逝，与自己和解。

　　而在妈妈版本的故事里，小舅舅是个调皮和淘气的弟弟。小舅舅比妈妈小三岁，大舅比妈妈大三岁，但这个哥哥对妹妹的保护却不及弟弟对姐姐的多。听妈妈说，小舅舅上学的时候经常打架，虽然绝大多数的时候都是他打别人，但特别偶尔的时候也会鼻青脸肿地回家，每当这个时候，妈妈都会帮他擦药，处理伤口。有时为了瞒着姥姥、姥爷，还要帮他撒谎圆场。但其实那会儿的他们哪里知道，没有什么事情是能瞒得住大人的眼睛的，有些时候他们只是假装不知道而已。当然，这些为数不多的特别偶尔的鼻青脸肿中，绝大多数是因为小舅舅为了替被欺负的我妈妈出头，所导致的。我妈对我说，小舅舅从小就是个暴脾气，因为跟我妈在同一所小学上学，当知道有人欺负我妈的时候，那会儿还在上三年级的他居然去跟六年级的男生单挑，不论结果输赢，单单在气势上从来就没有输过，很多女生都很羡慕我妈妈有这样的弟弟，久而久之再没有人敢欺负我妈，这个弟弟仿佛就是个哥哥。小舅舅的做法，其实让大舅在一段时间内很没有存在感，我在想，大舅这一生一直唯唯诺诺地活着，是不是正跟童年有些许的关系呢？

因为童年的关系，我妈妈对这个弟弟一直关爱有加，跟哥哥的关系倒是没那么亲近，直到大舅离婚的那天，我才觉得，妈妈其实对这个哥哥也是很在意的，只是有些情感在经历过一些事情之前，很完美地隐藏起来罢了。但对于小舅舅的爱，妈妈是从来没有隐藏的，所有好吃的、好喝的，妈妈总是第一时间想到自己的这个弟弟。虽然这个弟弟带给家人更多的是痛苦和悲伤。

小舅舅因为有些小聪明，在南方做的生意还算顺利成功，也算是赚得了人生的第一桶金。那年春节小舅舅回来过年，给我和姐姐买了牛仔裤和旅游鞋。对，那个年代，我们管运动鞋叫"旅游鞋"，如果你听得懂，说明你已经不再年轻了。

那会儿在东北，牛仔裤还是比较少见的，街上也少有人穿。我和姐姐那会儿还不知道这东西有多稀罕，只是觉得穿在腿上硬邦邦的，看起来却是与众不同的。我们俩还是会偶尔提起这一年初夏的黄昏时分，趴在小窗口看到的不知所以的事情。就像对彼此腿上的这条裤子一样，一知半解。对姥姥来说，小舅舅做生意赚到了钱，算是一件欣慰的事情，虽然偶尔还是会很惋惜那份稳定的工作。当然，姥姥那会儿哪里知道，几年后很多人都要面临下岗的危机。那年的年夜饭也许是最开心圆满的一次，一家人把酒言欢，其乐融融。尽管我常觉得，我们应该可以更好的，只可惜对比是件很残酷的事情。

与弟弟、舅妈见面后的很多天以后，我接到了弟弟打来的电话，在我印象中，那是一个阳光灿烂的午后。但具体是在见面后的多久，我却记不清了，我只记得那天出奇地冷，虽然阳光看似明媚。很多天前的那个晚上，在走廊，我和弟弟一起抽烟的时候，我们互留了联系方式。但后来我一直没有机会打给他，确切地说，是不知道跟他说些什么比较好，虽然他的脸庞常浮现在我的脑海里。

我和弟弟约在了一家咖啡店见面，出门前，我特意挑了一条红色的围巾，我将围巾一圈一圈地围在脖子上，最后打了个结，那是一条款式有些老旧的围巾，但颜色却异常地鲜艳，令我觉得围上了它，不论在哪儿，别人都能一眼认出我。

果然，走进咖啡店后，弟弟一眼就认出了我。他坐在靠窗的位置，阳光透过玻璃洒进房间，洒在他的脸上、身上，但他的眸子里却没有一丝光亮。我坐下来后，一圈一圈地解下围巾，将这一片鲜红放在旁边的座位上。咖啡店里的暖气很热，我渐渐地感到温暖，我很少直视弟弟的眼睛，我觉得那里应该是没有温度的。直到我喝了第七口咖啡后，弟弟声音开始有些颤抖。

"我们，要移民了。"弟弟特意强调了"我们"这个词。

我放下手中的咖啡杯，正全力揣摩这句话的意思。"我爸在几年前就一直劝我妈移民，我妈一直不同意，还拿我当借口，呵！"我快速运转的大脑突然停滞了，我想我是知道其中的缘由的，但越是知道越是不知道该说什么，我张了张嘴，声音仿佛凝固在空气中一样。

"什么时候走？"我看着弟弟的眼睛，那里面好像有自己小小的影子。

"月底，签证已经办好了。"弟弟将目光移开，看向窗外，但手依旧紧紧地握着咖啡杯。

我找不到说话的立场，看他的表情，我似乎不该说恭喜之类的语言，我分明看不出他有一丝的开心，但我又不可能说出类似挽留的言语，因为我和他的关联也许会随着这次移民而烟消云散，我该说什么呢？

"姐，你有喜欢的人吗？"弟弟突然打破了这尴尬的沉默。

"啊？"然而我却被这该死的、突如其来的问题击中了，我愣在那里。

"我有一个很喜欢的女孩儿，我本来以为我们可以一直在一起的。"

这一刻，我终于明白了他找我来的目的和原因。他紧握咖啡杯的手，缓缓地松开，眼睛也开始看向我，他眼里的忧郁，仿佛似曾相识，我好像在哪里见过。

"她喜欢你吗？"我抿了一口咖啡，想尽快缓解一下自己的情绪。

他的眸子里突然闪过一丝光亮。"她爱我。"

我的心突然抽搐了一下，在他那个年纪的时候，我也许也是相信爱情的。我忽然想起了一个人，对，是常远，是他，在他的眼睛里我也触碰过这样的忧郁。

"很多时候是生活选择了我们。你有没有想过，也许在另一个地方，有一个女孩儿会更加爱你，你也会一样地爱她呢？"我坚定地看着弟弟，我知道，我此刻说的话，对他来说意味着什么，我必须坚定，我要让他相信生活的残酷，并从中找到一丝未知的美好，但他似乎不太认可我的话。

"我不想去国外生活。为什么我妈她就可以那么自私，为了她爱的人，留在这里这么久，她现在知道等不到了，就马上同意了移民，她有想过我的感受吗？"

我明白此刻的弟弟是在抱怨小舅妈，但我知道他肯定会跟着小舅妈一起去的，如果他真的可以一意孤行，那他就不必来找我了，他只是想找到说服自己的理由而已。很多时候，我们要找到一个可以哄骗自己灵魂的东西，当自己没有这个能力的时候，去找一个冷静的人就好，而我就是这个人，难怪有人曾叫我"冰块"。

"有没有想过，你现在所坚持的，未必就是对的，或者说未必是一成不变的，所以不必那么纠结，移民对你来说未必是件多坏的事情，如果你们真的相爱，你也可以常回来看看，或者将来带她一起走，对吧！"

弟弟不再说话，也不再看我，眼睛一直盯着手中的咖啡杯，仿佛那里面有他要的答案。他的脸还是那么地好看，我在想那个被他爱着的姑娘，应该也是个美丽的女子，她如果知道此刻正发生的事情，会不会怪我没能劝他留下呢？

回家的路上，我脑海里一直浮现出常远的脸庞，我已经很久没有他的消息了。姥爷出殡的那天，他和刘琪一起出现过后，我们就再没联系过。其实，我们之前也很少联系的，我这个人没有重要的事情，是很少会主动联系别人的。也是因为这样，我身边能留下来的朋友不多，但能留下来的却都是算得上真正朋友的人。

我脑海里不时闪现出弟弟问我的问题："姐，你有喜欢的人吗？"

不知道为何，我又突然记起小舅舅和小舅妈离婚时，小舅妈曾问小舅舅的问题："你，有喜欢过我吗？"

小舅舅本来不打算跟小舅妈结婚的，准确地说，小舅舅不打算跟任何人结婚，他赚了人生的第一桶金后，前前后后做了好几种生意，都顺风顺水地赚到了钱，摇身一变，成了所谓的有钱人。当然，女朋友也换了一批又一批，对他特别上心的也不是没有，只是像小舅妈这么爱他的，恐怕就只有这么一个。小舅妈知道他跟别的女人厮混后，并没有放弃这份感情，但却拎着菜刀杀了过去。听说，熟睡中的小舅舅的确吓坏了，被砍了一刀后，还跑了几千米远，他并不知道小舅妈晕血，看到血后就晕倒了。后来两个人都去了医院，病房里，医生说小舅妈肚子里有了孩子，也就是我这个好看的弟弟。

听我妈说，当时小舅舅听到这个消息后，惊讶地瞪圆了双眼，但随后就跑到了小舅妈的病床前，用他受伤的胳膊抱住了小舅妈。当时姥姥高兴坏了，她以为小舅舅终于可以安定下来，也可以让她省省心了。全家人都因为小舅妈这一刀带来的惊吓而惊喜着。

虽然没过很久，大家都明白了，那时的愿望只是个奢望而已，但那会儿的开心是真真实实地发生过的，也许很多时候，这样就足矣吧！

没过多久，弟弟真的跟小舅妈移民去了国外。那是个闷热的夏夜，漆黑的天幕上零散地挂着几颗星星，我站在窗边望着它们，发现那一刻的它们并不十分璀璨，我却看得入神。我在猜想那上面发生的故事，也许也正如我周遭这般令人难过，抑或是正与这里相反，那里也许充满了人们所谓的幸福，天空上挂满了五颜六色的气球，永远不会坠落的那种，也说不定呢！

突然，我的手机响了一声，那是短信的提示音，我感到奇怪，因为很少有人给我发短信，身边真正亲近的人都会直接打来电话。很多时候我都觉得短信这个功能是提供给情侣的，说白了就是调情工具，本来一个简单的表达，或是一个难以启齿的意图，都可以用文字的方式使其生动或是直接，这对于有些不善言辞的人来说真的是再好不过了吧！古时候那些浪漫的故事，里面的浪漫多少都有书信传情的戏份，如果那会儿就有了电话，想必会少了些许美好吧！我在想如果手机上没有短信这个功能，很多人一定还会保留书信的习惯吧！那会儿的我，哪里知道多少年后，我们使用了一种叫作"微信"的软件，很多人就连真正意义上的电话也很少打了呢！也许只有时代具有改变一切的魔力吧！

我拿起手机，上面显示"弟弟 一条短信"，那一刻我似乎难过了一秒钟。"姐，我们明天的飞机，我一定会回来的，她会等我的，谢谢你。"

那一夜，我的心久久不能平静，我不知道我之前的话对于弟弟来说意味着什么，难道是我扼杀了他的勇气吗？我拿着手机的手有些微微地颤抖，不知道该怎样回复这样的短信。我忘了告诉他，没有人会一直等着另一个人，不管那份爱有多深，都没有永远。我终于明白了为什么自己每次看星星都不会觉得它有多璀璨，因为自己太认真，所以这片星空永远不及别人看到的那么明亮吧！

我记不得那个夜里是几点睡的，只记得窗帘隐约透出一丝光亮的时候，我拿起手机，按出了几个字后，闭上了眼睛。

"照顾好小舅妈，你是个男人了。你永远的姐姐！"

在那之后，我仿佛忘记了那个夜晚，家里也再没有人提起小舅妈和弟弟。只有自己知道，我会在每次看星星的时候，想起弟弟好看的脸，还有那句话。

有时候竟然还会觉得，也许他哪一天会真的回来，哪怕只是看看那时候深爱的女孩也好。这样想着的时候，仿佛看到的星星真的明亮了许多。

五年后的一个清晨，同样的微微的光亮透过窗帘的时候，我的手机突然响了起来，把我从正在进行中的一场美梦中惊醒。难怪我的眼皮最近几天总是在跳，虽然不知道到底要发生什么样的事，因为有人说左眼跳财右眼跳灾，但又有人说男左女右，所以不论哪只眼睛在跳，我都认为一定有好事发生。

我迷迷糊糊地摸到手机，看到上面是一连串陌生的数字，排列顺序也跟平时看到的不太一样。应该是因为被打断美梦的怒气，促使我没有片刻犹豫就接起了这样一个奇怪的电话。

"喂?"

"姐，是我。"

仿佛熟悉的声音使我突然清醒，完全忘记了刚刚的美梦，但却突然失声了一般，空气也似乎凝固了。

"姐，我要结婚了，你有邮箱吧？告诉我，给你发些我们的照片。"

这一刻，我揪住的心突然松了下来，我感到它在下坠，缓缓地，仿佛回到了它原本的位置，有一种滚烫的液体滑过了我的嘴角，但味道却是甜的。

正常的寒暄后，我们挂断了电话。我平静地躺在床上，看着天花板，仿佛看到了一颗星，它那么高远，却又那么明亮。我渐渐闭上眼睛，想要继续之前未完成的美梦。

那个梦的确很美很美，虽然我知道它根本不是之前那个未完成的梦了，但那又有什么关系呢！

没过多久，我收到了弟弟发来的邮件。照片中，弟弟还是一样好看，他身边的女人看起来十分乖巧，虽然脸蛋儿不及弟弟的精致，但弟弟笑得十分灿烂，想必她一定十分爱弟弟吧！小舅妈看起来没什么大的变化，岁月把小舅舅对她的亏欠用另外的方式还给了她，她还是那么漂亮。我为他们感到开心，但同时我又非常地难受，我想到了不曾珍惜他们的小舅舅，他这会儿到底过着怎样的生活呢？他会为他的曾经悔过吗？会为过往徘徊吗？他会时常想起这个世界上他唯一的孩子吗？或者说他又有了另外的孩子吗？

那他仅有的父母呢？他一定还是想念过的吧！

其实我们没有告诉小舅妈和弟弟，关于小舅舅最后在家里留下的印记，也许是因为那太疼太痛了，都不想再去提及了吧！

小舅舅和小舅妈离婚后，小舅舅的生意还是一如既往地顺风顺水，家也越回越少。姥姥和姥爷也很少见到他，姥姥对他的想念全部揉碎了放进了小舅舅每一次回家姥姥给他包的饺子里。小舅舅在外面大鱼大肉，夜夜笙歌，可每次回家都说想念家里包的饺子的味道，于是姥姥就在他每次回家时包饺子吃。我那会儿更少有机会见到小舅舅了，因为中学我就成了住校生，只有周末才会回家。

再后来，听说小舅舅更有钱了，白衬衫白袜子都是买一车，穿完就扔，从来不洗。这都是从爸爸跟妈妈做饭时说的悄悄话里偷听来的，我当时很震惊，想到自己的校服翻来覆去就是那两套，不开心了很久。那会儿的小确丧让我轻易地忽略了家人对小舅舅的担忧。长大后我知道了一句话，"上帝欲使人灭亡，必先使其疯狂"。我难过于自己没有早一些知道这句话，但其实就算我早知道，也是改变不了什么的。

一颗星星要坠落的时候，谁都无能为力。

后来的后来，小舅舅沾染上了赌博的恶习，输光了所有的积蓄后，就跑回家骗姥姥和姥爷的钱，骗真心偏爱他的姐姐——我妈妈的钱。他自然是不敢告诉家人的，但纸里终究是包不住火的，家人在知道他赌博后，他从家里便骗不出一分钱了，任凭他吵他闹。那会儿姥姥整夜整夜地失眠，台灯经常一开就是一个晚上，直到天亮才能睡上一会儿。那段时间小舅舅真的好久不再回家，家人都希望他真的戒了赌，但悬着的心却都不敢轻易放下。

也就是从那会儿开始弟弟每个月的抚养费就是由姥姥和姥爷负担了。好在姥爷是厂子里的高级工程师，退休后又被返聘回去工作，姥姥又提前拿了退休金。但在这之后姥姥因为失眠经常头痛，有时候要靠药物才能好些，一家人仿佛被阴霾久久地笼罩着。

那段时间，妈妈为了转移姥姥的注意力，会把姥姥接到我家住上几天。有几次赶上周末，起夜时，我看到姥姥房间的台灯一直开着，昏暗的灯光下，她眼睛直勾勾地盯着前方。那时候站在门外的我，没有勇气走过去，但也不想走开，也许这是只有亲人之间才会有的情绪吧！但很久之后我才发现，这是一种对真正爱的人才会有的情绪。

姥姥在我家的某一天，姥爷突然打来电话，全家人都惊慌失措地跑到了姥姥家，除了还在住校的我。

　　听说姥爷下班后一如既往地回到家，刚进门没一会儿，小舅舅就回家了。他没跟姥爷要钱，没吵没闹，只是说累了，想睡一会儿，回到自己的房间，关上了门。起初姥爷也没觉得不妥，想想折腾了这么久的小舅舅也该回家了。

　　一个小时后，小舅舅的房门突然开了，他急急忙忙地走了，走的时候只说了句："我走了。"姥爷都还没有反应过来，小舅舅的身影就已经消失在门口。

　　听说当时家人赶到姥姥家后，都被眼前的一幕吓坏了，姥姥更是泣不成声，姥爷却坐在沙发上久久地不发一言，我想那是属于男人的沉默。这一幕在很久之后又上演了一次，只不过坐在沙发上的人换成了我的爸爸。

　　就这样一家人在梳妆台的后面，找到了小舅舅自己亲手砍断的手指，但相隔时间太久，并且它的主人也没有回来找它，接回去已经不可能了，想必小舅舅已经想好要放弃它了吧！梳妆台上殷红的血迹和沾着鲜血的菜刀是那样地醒目，第一个发现它们的人，心里一定无比地痛吧！这也是小舅舅给爱他的家人最后的交代，之后他就再也没有出现过，即便是姥爷去世的时候，也许他已经死在了很多人的心中吧！

　　这件事任何一个家人都不愿再提及，我想对于小舅妈和弟弟来说，不知道也许更好吧！就好像，弟弟再也没有跟我提及之前那个深爱的姑娘一样，我也很有默契地遗忘了。

也许每个人都想与自己爱的人有所交集，就好像两条线，终将有所交集，但谁会想到，相交后便会越行越远。而平行线，虽然无法交集，但距离却永远不会改变。

后来，我给弟弟回了一封邮件，除了祝福他新婚快乐，我还回答了很久之前他问我的问题，虽然可能答案对于他来说已经不再重要了。

我告诉他，我有喜欢的人。这是他知道的我的第二个秘密。

青梅竹马

那天妹妹说得最多的一个词是"青梅竹马"。

想必是姑姑常常跟她念叨吧!

其实在我小的时候也听长辈们说起过,

但那会儿,

我的理解是,

在一起玩过家家的男孩儿和女孩儿,

就是青梅竹马。

我以为我和常远是,

常远和刘琪也是。

　　"人类的情感是脆弱的，时间和距离会腐蚀所有感情，无一幸免。"

　　记不得自己是从哪里得知这句残忍的话，但在我的身边，我的生活中不断上演这种戏码，时刻提醒着我，这种残忍是真真实实存在的。

　　就在小舅舅和小舅妈离婚后，不到半年的某一天，我家里又有人准备离婚。不同的是，这一对在所有家人的意料之外，他们当初是如此地相爱相惜，如今这份感情也走到了尽头，这是一份让所有人都大跌眼镜的感情。

　　他们是我的姑姑和姑父，是我家里最为恩爱的一对，当然那是指以前。

　　姑姑和姑父很小的时候就认识，那会儿我爷爷"走五七"被下放到农村，奶奶自己带着四个孩子住在一个小房子里，姑姑就是在那会儿认识的姑父，那会儿他们是邻居，我猜想他们那会儿一定也玩过过家家。

姑姑和姑父闹离婚的时候，我还在上小学。常远和我在读同一所小学，并且一直在同一个班级。刚升入五年级那会儿，学校重新分了一次班，我们依然被分到了一起，只是刘琪被分到了其他班，但我那会儿并没有留意到这些细枝末节。我小时候话不多，却特别喜欢画画，下课的时间就一个人埋头在书桌前画这画那，很多时候常远都安静地在一旁看着。我人生中第一个理想就是当一个画家，很久之后才明白，也许是喜欢将转瞬即逝的东西滞留在画纸上的那种感觉。但其实，该来的，该走的，一样也不会落下。

姑姑和姑父从闹离婚到真正离婚，用了半年的时间，姑父并没有像小舅舅那样当机立断。很多人对待感情是犹豫的，很多的不确定，让他们徘徊在是非对错的边缘，走近或走远似乎都在一些微妙的对决中发生、发展、结束。那半年的时间，终于还是把姑父带去了别的女人身边，那个曾经他最爱的姑娘，被抛在了脑后；那个当初信誓旦旦非姑姑不娶的人，终于还是输了。他们离婚的那会儿，他们唯一的女儿——我的妹妹也在上小学。妹妹从小就白白胖胖的，笑起来眼睛会眯成一道缝儿，像极了两道弯弯的月牙，头发是那种细细软软的，经常在脖子后面扎成两根小辫子。我常在想，这样柔弱的女孩儿，不知道要怎样面对接下来的日子。人生总是出最难的题给最好欺负的人。很久之后，终于明白，其实这世上很多题是无解的，我们需要做的就是平静地等待，时间过了，即使交了白卷也未必扣分。但没有人会接受自己去交白卷，所以要不停地折腾、难过、找寻。有时候过程和结果真的是两回事，这也许正是活着的乐趣吧！

离婚后，妹妹被判给了姑姑，其实姑父并没有打算要妹妹，可能是因为后来的女人也想给他生一个孩子，女人总是在爱一个人的时候放下所有的防备，而男人却不同。姑父净身出户，把房子留给了姑姑和妹妹。但其实那房子本来就是爷爷给姑姑和姑父结婚用的，姑父的所作所为，让一向忠厚的我爸都看不过去，好几次都想抡起拳头为姑姑解气，可每次都被姑姑硬生生地拦下。一个人对另一个人极度失望的时候，也许是不想再有半点瓜葛的吧！

我在想常远也许是对我失望透了，他与刘琪结婚，就是想再一次证明我在感情面前的懦弱，而他却是个强者，他可以轻易战胜我害怕的，而我却只能眼睁睁地望着。所以婚礼之后，我们便真的失去了联系，好像从来就没有出现在对方的世界里一样。

三月的春风还是有一丝凉意的，我站在阳台上，看着天空中的星星，它们的位置似乎没有改变过，却又好像跟之前不太一样了。在我低头的瞬间，发现楼下有一个人影闪过，很熟悉，但很快隐匿在黑暗的拐角处。心仿佛被谁揪了一下，这种感觉很久没有了，我再一次看向那个地方，那里什么都没有，就连矗立在两旁的大树，也还是光秃秃的，微弱的光亮下，就连干枯的枝干投射在地上的影子，看上去也是软弱无力的。

妹妹长大后，学了医，在一家医院做了牙医。我在一次看牙的时候，无意中与她相遇，若不是她叫住了我，我一定是认不出她的。她比小时候还要胖很多，头发不再那般细软，而是剪了利落的短发，唯一不变的是笑起来标志性的月牙眼。她对我笑了笑后，我才确定是她。说来也是惭愧，我们长大后就真的没有再见过面。突然想起，我也有很久没有见过我爸，比起妹妹，我还是太倔强了一些。

我们俩坐在一家快餐店，相互寒暄着，其实我们小的时候也很少一起玩，只有过年的时候大家才会聚在一起。我小时候是姥姥姥爷带大的，而妹妹是爷爷奶奶带大的。姑姑是爷爷奶奶唯一的女儿，自然是视如掌上明珠一般，想把所有好的都给这个女儿，可惜很多事，事与愿违。爷爷奶奶对姑父一开始就是不满意的，姑父家境贫寒，书只读到中学，爷爷奶奶不明白姑姑看上了姑父什么，所以姑父又落下个油嘴滑舌的罪名。其实论长相，姑父真的还是说得过去的，虽然没有小舅舅那样的谜之气场，但算得上眉清目秀，一米八多的个子，也算得上个衣服架子，虽然没什么文凭，但没事会读一些闲书，说起话来文绉绉的，但听说打起架来也不含糊。他对姑姑更是俯首帖耳，想必这样的男人没几个女人躲得过吧！

"听说，大舅要再婚了？"

我正想得出神，思绪突然被妹妹的话打断了，这问题在意料之外，但我早已经习惯了关于"婚姻"的话题，自然是对答如流。

"我很久没见他了，也很少联系。"我表现出的淡然，让她惊诧。妹妹似乎想说些什么，看得出她在犹豫。

"我每个星期都会跟我爸通电话，他又离婚了。"

这倒是出乎我的意料，我快速地思索着她到底想要跟我表达什么，虽然还搞不清楚，但我想，那一定是我不擅长的。

"我打算让他们复婚。"

她说完就对着我笑，两只眼睛又眯成了两道弯弯的月牙，双手却紧握手中的餐具。我想她心里是没底的，也许她想征询我的建议。是她灿烂的笑容，让我把即将到嘴边的话咽了回去，我拿起面前的杯子，喝了一大口。

"姑姑她也这样想吗？"

回家的路上，我脑袋里一直在不停地回放妹妹后来跟我说的话，突然觉得人类的情感太复杂，也许婚姻的存在，就是用来帮助人类把复杂的感情变得简单吧！我走到家楼下拐角处的时候，刻意放慢了脚步，这个地方没有路灯，每次晚上经过，我都会加快步伐。然而这一刻，我却停留在黑暗之中，前方光区里大树的影子，好像在对我招手，我抬头看向天空，平日的那几颗星，仿佛离我更远了。

当我准备踏进光区前，我望向我家阳台，原来在这里看向那里，是那样地容易，窗户里亮着的白炽灯，竟然让我瞬间忘了此刻周遭的黑暗。

但我还是迅速地踏进了光区，把黑暗甩在了身后。如果不是树的影子不厌其烦地在向我招手，我是否会被黑暗吞噬？

那天之后，每次走到这个拐角处，我还是会如从前一般，加快步伐。

那天晚上，我做了一个梦，梦里那些很久不见的人粉墨登场，小舅舅、姑父……还有我的爸爸。他们给我讲了一个又一个故事，有些让我难过，有些使我亢奋，有些令我愤怒……可当我醒来后，却什么都记不起来，脑海里只留下了那一张张许久未见的面孔。

天还没有亮，窗外和屋子里一样没有一丝光亮。我拿起手机，凌晨四点五十分，我却怎么都睡不着。我在衣服口袋里摸出了一包烟，娴熟地点燃了其中一根，些许的火星迸发在黑暗之中，每吸一口，都是在加速它燃尽的时间，待它燃烧殆尽后，屋子里瞬间恢复了之前的黑暗，那种感觉，就像被遗忘的梦一样。

那天在快餐店，妹妹对我讲了很多姑姑和姑父之间的故事，想必那些故事多数都是姑姑讲给她听的吧！就像很久以前，妈妈经常会给我讲一些关于她和爸爸的故事一样。而妹妹给我讲这些故事的目的，是想有个人能够坚定她的信心，让她有理由相信，她的一厢情愿是正确的决定。

在我看来，一对真正相爱的男女，在感情分崩离析之后，是没可能重修旧好的，因为那个味儿变了，只有真正"尝过"的人才懂。但如果重修旧好建立在某种利益的共同体上，就另当别论了，所以我没有阻止妹妹的决定，我想我没有这个资格，因为这利益跟我没有任何关系。我更不想去支持，我觉得婚姻和爱情一样，不应该有强求这样的字眼出现。我只是默默地听着一个又一个故事，偶尔点点头，或者尽可能地挤出一个标准的微笑。

那天妹妹说得最多的一个词是"青梅竹马"。想必是姑姑常常跟她念叨吧！其实在我小的时候也听长辈们说起过，但那会儿，我的理解是，在一起玩过家家的男孩儿和女孩儿，就是青梅竹马。我以为我和常远是，常远和刘琪也是。长大后才知道，只是在一起玩过家家不能算是青梅竹马，只有陪伴长大的才是真正的青梅竹马。但其实青梅竹马未必真能终成眷属，倘若真的成为了家人，也算是一大幸事。只不过很多美好的东西，并没有人们想象的那般坚固，姑姑和姑父就是这样令人惋惜的一对。

姑父很小的时候，父母就离婚了，姑父被判给他爸爸抚养，他爸爸那会儿正年轻，就把姑父扔给了姑父的爷爷奶奶抚养，准确地说，姑父是他爷爷奶奶带大的。那会儿姑父的爷爷奶奶家，就在姑姑家的隔壁，也就是在那会儿，姑姑和姑父相识了。他们那个年代上学基本都是按地区分配的，所以姑姑和姑父一直到中学都读同一所学校。

姑姑不是那种十分的大美人，但从小就知书达理，笑起来更如朝阳一般灿烂，用现在的话说，算得上气质美女吧！上了中学后自然是有不少人喜欢的，但那会儿的人比较含蓄，再加上姑姑上学放学都会跟姑父一起走，很多人就放弃了心中的念想。那会儿两个人都把对方当作最好的朋友，姑父家条件一直比较差，姑姑和姑父都出生在九月，于是两个人就经常一起过生日，姑姑把家人买的蛋糕偷着拿出来，跟姑父一起吹蜡烛、许愿。我想那会儿姑父许的愿望一定成真了吧！只是谁都猜不到后来而已，忘记初心的人，在某一个路口就会丢了最初的自己。

因为姑姑和姑父走得太近，学校里很多人开始误解两个人的关系，风言风语也渐渐传到老师的耳朵里。终于，在一个风和日丽的下午，我奶奶和爷爷被请到了学校，那个年代家长为了这种事情去学校的话，是很抬不起头的，好在姑姑的成绩一直很好，老师的话很委婉，但却不动听。爷爷"走五七"回来后，就转了正，算得上个干部，哪里听得了这番话，回到家便直截了当地通知姑姑，不允许两个人继续来往。奶奶和爷爷其实是心疼姑姑的，家里唯一的女儿，掌上明珠一般，所以更不能允许姑姑跟姑父这样家庭的孩子来往这般密切，这次就连奶奶也没有偏袒姑姑。姑姑自然是很委屈，那个时候，姑姑并不觉得和姑父之间有什么暧昧，两个人从小到大就朝夕相处，要真正没有了对方在身边的时候，才会知道对方对自己来说到底意味着什么。这次无中生有的事件，反倒推波助澜，让两个人的心走得更近了些。

直到中学毕业，才真正地将姑姑和姑父分开了一段日子，姑姑考上了重点高中，而姑父却因为没有可能跟姑姑读同一所高中，最后辍学了。姑父一直能说会道，上学时就结交了一些社会上的朋友，没过很久就找到了一份工作。也许是因为姑父看出了姑姑家对他极为不待见的态度，想要尽快地脱贫，来证明自己，姑父一直特别努力，起早贪黑。两个人那段时间见面很少，姑姑努力学习，姑父拼命工作。姑父竟然在一年后买了一辆崭新的自行车，那会儿谁要能拥有一辆永久牌自行车，就跟现在开着小汽车一样精神。姑父把车骑到姑姑的学校门口，接姑姑放学，姑姑坐在自行车后座上，微风将额头的碎发轻轻吹起，裙摆荡漾在两个人开怀的说笑中，令多少女生羡慕不已。但爷爷奶奶还是不同意姑姑和姑父做朋友，是的，是做朋友都反对的那种。如今看来，很多事情长辈还是有预见性的，但恐怕更多的其实是自带情绪，所形成的潜移默化的参与。

年轻的时候对爱的执着是很纯粹的，对很多事物的热情也是绝对炽热，很多时候越是坎坷，越想要获得，那是一种强烈的、想要收割的欲望，逆反心理足以颠覆很多人的想象。

就这样两个人做出了疯狂的事情，姑姑为此放弃了考大学的机会，只想马上嫁给姑父。爷爷奶奶知道了两个人已经把生米煮成了熟饭，终于知道说什么都来不及了。奶奶为此还生了一场大病，以至于落下了病根，想必姑姑现在一定很后悔当初的决定。人生就是这样，我们在草纸上一遍遍演算的答案，终究是要写在答卷上的，至于对错，当时谁都不知道。

因为是家里的独女，姑姑嫁得很风光，房子是爷爷奶奶准备的，彩礼家里也没要，全部给了姑姑做嫁妆，为了能让姑姑今后生活得体面一点，爷爷还帮姑父找了个正经工作。一切都在情理之中，但一切也都在意料之外。只有姑父自己明白，他到底为什么辜负了姑姑。

我这样想着，天却渐渐亮了起来，细微的光亮迫不及待地从窗帘的缝隙钻进来，窗帘也幻化成另外的颜色，我却突然有了一丝困意。我闭上眼睛，想继续睡一会儿。

脑海里却渐渐浮现出常远的脸，那是一张少有很多表情的脸，在那张脸上很难分辨出喜怒哀乐，很多时候，我都不知道他在想着什么。他从小话就很少，在学校那会儿，每次我在画画，他都在一旁默默地看着，现在想来，那样安逸的时光在之后的日子里真的是少之又少的。

那天的回笼觉睡得特别舒服，一个梦都没有做，算是周末最真实的享受吧！我站在窗边，拉开窗帘的那一刻，早春的阳光在我的脸庞上跳舞，那种暖洋洋的感觉，让我暂时忘记了所有的烦恼。

我看到楼下那两棵大树，枝干在微风中摇摆着，好似在向着四周五彩斑斓的天际伸展，那枝头分明已有一丝绿意。

大概一个月后，因为需要拔牙的缘故，我又在医院里见到了妹妹。治疗牙齿的过程是很麻烦的，当我们不打算彻底放弃一个事物的时候，总要为之花些时间和精力，这是一种必然。之后，我们又相约在附近的快餐店，其实我根本无意吃东西，那种状态下，我的牙齿只允许我喝点什么，而不是真正意义上的吃。而对于我来说，很多东西一旦不纯粹，就失去了原有的兴趣。很多时候，我都觉得也许是自己对生活的要求太高了些，所以身边很少有人真正停留过。常远却是个例外，虽然时间终究还是将他带到了刘琪那里，但我知道，他曾经试图停留过，只不过，我们都没有勇气去确认。这样想来，我是佩服姑姑和姑父的，虽然最终还是要离开彼此，但曾经为彼此停留的那份勇气，却是我可望而不可即的。

这个世上，很多人在没有遇到一个人的时候，会成为另外一个人。只有很少的人，不管遇到什么人，都还是会活成自己，可只有这种人永远找不到真正的自己。就像尘埃一样，不管遇到什么，终会缓缓坠落。

我和妹妹坐在靠窗的位置，那天阳光特别明媚，洒满了街角，当然也毫不吝啬地洒进了玻璃窗，跌落在我们俩的桌子上、脸蛋上，还有我面前的一碗皮蛋瘦肉粥上。妹妹面前放着一份汉堡套餐，我看着她不紧不慢地吃着，心里却想着再有一个月夏天就来了，心里也开始变得暖洋洋的。对于从小就特别怕冷的我来说，夏天的确是我最喜欢的季节，好像记忆中所有美好的事物，也都跟夏天有关。

记得小学毕业后的那个夏天，我和常远一起走了很久的路，那天那条路格外地长，从白天走到了夜里，中途我们停下来一次，在路边吃了些东西后，就继续走路，那是我人生中行走最长的两次路的其中一次。另外一次，是我一个人的一次长长的漫步，中途没有停下过，沿途没有旖旎风景。我和常远一路上都没怎么说话，在路边吃东西的时候，如果不是相互交换过食物，恐怕连老板都会觉得我们是陌生人。那会儿，我觉得，我们不说话其实是知道对方想说什么，早在心里自问自答，一一做了解答，有些没有答案的问题，想想便也放弃了，觉得时间终究会给出答案。很久之后，我才明白，话也是有期限的，过了期的话就不再有任何意义和价值。

那天我们一起走到我家楼下，就在那个拐角处，我们停了下来。他在双肩包里翻出了一个纸袋，默默地递给了我。我接了过来，纸袋里面装的是一个衣服造型的笔袋，我开心地望着他。

"在新学校要开心。"常远小声地说着。

"我们可以写信，到时候我把地址给你。"我笑着说。

我当时并没有意识到，我们会越走越远，只觉得长大后的我们，依旧会是最要好的朋友，完全没留意到站在阴影里的他脸上闪现的难过。现在想想，那个拐角太阴暗了，如果我们站在路灯下，也许我会发现他的心意。所以在我心里，那段路其实一直是很美好的存在，每一个感到孤独的日子，想想那样的一条路，心里就温暖了起来。但也许这条路，对常远来说，不一样吧！

小学毕业后，常远就读了正常分配的公立学校，本来可以被分到一个中学的我们，却因为一次意外事件，父母担心我的安全和学业，决定不惜花很多钱，送我去读私立学校。我每周一到周五住校，周末回家，每次回家都带着沉重的作业，还有对父母的思念。所以在那次之后，很久才又见到常远。

妹妹吃完汉堡后，终于开口说话了。"我妈她不想复婚。"

她眼睛里闪过一丝惆怅，阳光下格外刺眼。如果不是那灿烂的光，我差点又一次遗漏掉。

她说完话后，很快挤出一个微笑，明明很勉强，可眼睛还是眯成了月牙，看上去还是那般可爱。我的心忽然疼了一下，也许是为她眼睛里闪过的一丝惆怅而难过，也许是因为这样的感觉，我明明之前在哪儿见过，却没有感受到。

"姑父他想复婚？"

我表现得很平静，但马上放下了手里的勺子，看了看眼前所剩无几的皮蛋瘦肉粥，再抬头看向妹妹。她早已收起了笑容，这让我感到好过一点。

"他也不想，但为了我，也许他愿意试试。"妹妹说完后，快速地低下了头，好像是怕被我发现什么似的。

"你有男朋友吗？"我认真地看着她。

妹妹被这完全挨不上的问题，问蒙了，用奇怪的眼神看着我，摇了摇头。

"那你有喜欢的人吗?"

妹妹的脸突然泛红,我大概猜到了答案。

"你该有自己的生活,而不是去干涉别人的生活。"

妹妹把眼睛睁得大大的,盯着我看,我第一次看到她眼睛可以这么大,正感到好奇,她突然对我笑了起来,眼睛就又眯成了两道月牙,我的好奇心也烟消云散了。

"姐,谢谢你。"

我刚要开口说一些客套的话,她却马上又说了起来。

"我爸,他,其实很爱我妈。但他在那个家里,不开心,找不到自己。"那一刻,我突然感到有一道光,刺得我睁不开眼。心里的温度在一瞬间骤降,我想起了很多很多人,我很想知道他们到底有没有过一丝的开心。

我张了张嘴,想说些什么,可终究还是没有说出一句话来。

回家的路上,我坐在公交车靠窗的位置,看着一个又一个站牌划过车窗,有人上车,有人下车,一切都是那样地平常,只是因为这里面没有夹带一丝的情感。如果真有情谊在,谁又敢轻易说出"每个人只是陪我们走一段路"这么轻松的话。

姑父的爱到底没能抵过家人的成见和旁人的眼色,这也许是感情中另外一种悲哀吧!他终于在别的女人那里找到了当初为爱丢失的尊严,于是不顾一切地抛弃了当初信誓旦旦的誓言。说到底改变的那个人是姑父，而不是姑姑，姑姑一直以来都没有变，只不过她被这份来之不易的感情冲昏了头，而忽略了姑父一直以来压抑的感受。爱一个人和经营一份婚姻大抵是不同的，很多人忽略了婚姻里很重要的一点，那就是本该有的契约精神。

那天，我走到家楼下的拐角处，停留在那里许久，没有抬头看天上的星星，也没有望向自家的阳台。而是默默想着很久未见的常远，想到了那个夏夜，他送我到这里，临走时最后一句话。

"我们永远都是最好的朋友。"他说。

我想他此刻应该是幸福的，刘琪那么执着地等他，想必一定很爱他。我希望他能一直幸福下去，我希望时间不会改变在他周遭的任何，我希望刘琪可以一直陪在他的身边，那样他便不会再经历这样的黑暗。

而我，是少有的那些人，注定落入尘埃。

人不可貌相

那天夜里，

我又做梦了，

梦里小叔叔不再骑挎斗摩托了，

而是开着一辆五彩缤纷的小汽车，

他将车停在我的面前，

我打开车门，坐了进去，

那坐垫很软很软，

软到我一坐上去就陷了进去。

他也不再给我糖，

反而是递给了我一把奇怪的工具。

在我小学五年级的时候，发生了一起意外事件。那件事后，父母经过谨慎思考，决定让我去私立中学读书。那会儿如果按着居住地分配，我会被分去的中学，当时被称作"流氓学校"，父母实在难以安心，更不愿眼睁睁看着自己唯一的女儿在那样的环境中成长，所以宁愿咬牙担负着昂贵的学费，也要把我送进私立学校读书。

对于很多还算好看的女生来说，成长中多少都会遇到被男生骚扰这样的事情，而我在父母竭尽所能的保护下，很幸运地避免了一些。很久以前我听过这样一句话，说人这一生无非就是在避免不好，或是得到更多。现在想来，好像自己一直在做的都是避免不好，因为已经习惯了去逃避，就很难有勇气去想方设法得到更多了吧！对于父母当初的决定，我还是感激的，虽然这决定拉远了我和常远的距离。其实，我当时并没有发觉，常远对那个意外事件是特别在意的。在我的记忆中，除了小学五年级的那个盛夏，一切关于夏天的记忆都是非常美好的。那件事发生之后，也没有人会在我面前刻意提起，就连我自己也渐渐遗忘了。

六月到来后，人就特别容易犯困，周末的下午，我举着一本喜欢的小说，半卧在沙发上，看着看着，居然睡着了。梦中又回到了那个被遗忘的夏天，那件被搁浅的事，也随着这个初夏的到来，慢慢浮现在我眼前。

那是五年级即将要升六年级的那个夏天，大家都为即将到来的考试努力准备着。盛夏的午后，教室里异常地闷热，很多同学在吃过午饭后，会趁着午休的时间伏在课桌上睡觉，只有少数的几个人在看书。因为要准备考试，我已经有很长一段时间没有在课间或是午休的时候画画了，常远也随之找到了属于自己的乐趣，他喜欢上了足球。每天午休时间，他都会和几个男同学去操场踢球，经常是在上课铃响的前几秒，大汗淋漓地跑进教室，我看到他精力充沛的样子，会感到莫名地开心。后来才知道，他们每次踢球的时候，都会有很多女同学为他们加油助威，听说常远很受欢迎，现在想来啦啦队中一定有刘琪的身影。我却从来没有站在操场边为常远呐喊过一次，这件事上，我好像怪过他，为什么没有拽着我去看他踢球，让我站在那些女生之中，烈日下为场上胶着的比赛牵动着心弦，也许这样我就可以躲过那件令人难过的事了吧！

记忆中那是个和平时没什么区别的午休时间，教室里一如既往地闷热。我刚放下手里的书，准备眯会儿，班里的一个女同学就走到我的书桌前，对我说，操场双杠那边有人找我，我问她谁找我，她一直摇头，说去了就知道了。

那女同学平日里跟我的关系很一般，是学校重新分班后，才分到一个班的。她看上去仪静体闲，平时话也不多，我觉得她应该不会骗我，或是跟我开这种无聊的玩笑，便起身去赴约。去的路上，我还在想会不会是常远叫我去看他踢球，脚步也越发地轻盈起来。那天我穿着白色的太阳裙，烈日下，裙摆随着我的脚步来回荡漾。

五年级开始，我便觉得有些事情好像突然有什么不一样了，那种感觉很微妙。我发现很多女同学更注意自己的穿着了，男同学的眼神儿也开始有意或是无意地停留在一些女生脸以下的部位了，偶尔说话也不只是盯着眼睛看了。班里有三五个女同学也经常在体育课上请假，有时候在做热身运动的时候，我发现那几个女同学白色T恤下涌动着什么。但我自己变化是不大的，因为一直比较瘦弱的关系，那会儿我庆幸自己还可以在白色T恤下穿着背心，只是个子长高了很多，腿也更加地纤长，夏天穿着短裙的时候，甚是好看。

我去到操场双杠那边的时候，并没有发现常远的身影，而是班里几个并不熟悉的男同学在等我。学校的这次重新分班导致班里一些同学的名字我都记不住。我正纳闷是谁找我，其中一个男生便开始说话了。

"你想好了吗？"

我一脸的疑惑，他却一脸坏笑地看着我。我听不懂他在说什么，但我非常讨厌这种气氛，我转身要离开，他们几个却挡在我的面前。

"这么多女生喜欢刘睿，你不喜欢？"

他口中的刘睿是我们班的体育委员，擅长各种运动，虽然个子不高，脸庞却格外俊朗，高挺的鼻梁更是将双眼衬得格外狭长，黑白分明的眸子里流淌着清澈的眼神，笑起来更是充满阳光。这样的男生，有不少女生喜欢也不足为奇。长大后，我才发觉，上学的时候每个班的体育委员都特别招女同学喜欢，显然我是那个例外。

我迅速地摇了摇头，想要尽快逃离这是非之地，可他们几个却挡在我的面前，我没办法离开。我灵机一动转身钻过双杠，跑向自己身后的方向。身后这条出路通往学校的水房，每个班级都会在那里接水，偶尔也会有人在操场运动完，去那儿洗把脸什么的。我当时只想马上离开这可恶的双杠，想都没想就朝水房跑了过去。在我身后，我仿佛听到这几个人追赶的脚步声，我突然异常地紧张，思绪不停地摇摆，我在想自己是不是做错了选择。

这样想着就已经来到了水房的门口，被紧张情绪包裹着的我，突然撞向一个刚走出水房的人，我来不及看向他，却看向自己身后，发现那几个男同学并没有跟上来，我松了一口气。这时我才发现面前的这个人被我撞到之后不但没有闪开，反而用手臂抱住了我。我转过头看他，他脸上还挂着几颗晶莹的水珠，眼睛里更清澈得像一汪湖水，我的心跳剧烈地加速，因为他正认真地看着我，而这个人正是刘睿。

水房在操场的一个角落里，水房外面的双杠单杠，在夏日里很少有人光顾。这会儿在这个角落里除了我们俩，没有其他人。这是个在夏天特别阴凉的角落，我们在做值日生的时候，都会借着打水的由头，在水房这边乘凉，但平时还是很少来的。尤其是在午休的时间，除了一些运动完的人会跑过来，而这会儿离上课还有一段时间，我在后悔自己选择跑向这里。

我说了声对不起后，想要挣脱他的手臂，却发现他抱得更紧了。我不敢再去看他，我们的脸越来越近，我仿佛可以听到他的呼吸声。他低下头来，头发掩住了清晰的眉眼，他的唇就这样伏在了我的唇上，那一刻，我脑子里一片空白，身体里好像有一团火在燃烧，整个人却不停地下坠。他发梢上的水滴掉落在我缓缓闭上的眼睛上，我竟被这一丝凉意惊醒，终于找回自己，使出全身力气推开他。他被这意外的力量冲击后，竟然有些气急败坏，突然用力把我拽进水房。

水房里一个人也没有，和我想象中一样，这个阴凉的地方，此刻更为阴冷。我不知道他到底要干什么，但我拼命告诉自己要冷静，我听到滴答、滴答的水滴声。

他正试图靠近我，我却只能后退。当我的脚后跟抵住墙根，我知道自己已经无路可退了。他俊朗的面孔看上去多了一丝狰狞，但眼里却依旧那般清澈。

我愿意相信他只是一时被染了心魔，却不知道此刻的我该如何拯救我们。

"快上课了，我要回去。"我紧张地盯着他，语气却异常坚定。

他的脚步好像停了一下，嘴角却好像有一丝笑，然后他突然冲了上来。

我躺在沙发上，睡着之前读的那本小说，不知在什么时候已经跌落到地板上，就连书签也掉在一旁，我只记得自己看到了男主窥视到自己的父亲去猥亵自己喜欢的女孩，那段令人难过的情节，那本书正是《白夜行》。我不再奇怪自己为什么会梦到那件久久被搁浅的事了，这世上很多事、很多人，远远不是表面的样子，只是我们习惯了以貌取人而已。

那天在水房里，刘睿冲过来后，把手伸进我的裙摆里、衣服里，任由我拼命地挣扎，好像也无济于事，但我却一直没有喊叫，这是我长久以来，一直想不通的。庆幸的是，没过多久水房外就传来了脚步声和嬉闹声，有人来了。我第一时间听到了那些细碎的声音，刘睿也听到了，因为他的手分明停了下来。声音越来越近了，他的手抽离时带走了我身上仅存的温度，他终于转身离开了，我整个人瘫软下来，如果不是紧紧靠着墙壁，我想我一定会跌坐在地上。我慌乱地整理自己的衣服，生怕有什么地方不妥，却怎么都觉得和之前不一样。刘睿应该是在那些人进来前就已经离开了水房，因为在我看见那些人走进水房的时候，他已经不在这里了。

我走出水房后，才发现自己雪白的裙摆上交织着一些黑色的印记，终于难过地流出了眼泪，头顶上炙热的太阳也没能带给我一丝的暖意，我感到异常地冷。走过操场的时候，一群女生声嘶力竭的加油呐喊声传入我的耳朵，那声音异常刺耳，我想那名字是我这辈子都不想再听到的。我却停下脚步，当我看到刘睿正努力地奔跑在球场上，我确定他此刻没有在别的地方等着我，紧绷着的神经似乎可以放松下来，脸上的泪在烈日下很快就干涸了。

那条白色的裙子，在那之后，我再也没有穿过。

　　我站在人群后，木讷地看着球场上激烈的角逐，随着她们的欢呼，我看到了一张无比熟悉的面孔，是的，是常远，他正与刘睿激烈地争抢着脚下的足球。在我心里，一直唯唯诺诺的他，看起来那么积极，再不是之前那个胆小的他了。不知道为什么，那一刻我怕他会看到球场边的我，于是立刻转身离开了操场。

　　回教室的路上，我记起四年级时的一件事。学校没有重新分班前，我们班里有个男同学，他在二年级的时候从雪堆上摔下来，之后脑子就不是那么灵光，所以班里很多男同学会经常欺负他。那天午休，在教室画画的我，实在看不下去了，替他说了话，没想到放学的时候，几个男同学抢走了我的家门钥匙，不肯给我。他们把我的钥匙传来传去，让我去争抢，任由我气得跳脚，也不肯把钥匙还给我。常远却一声不吭地看着。我当时非常生气，索性不去抢了，可他们却将钥匙扔出了窗外。后来回家的路上，常远把钥匙递给了我，我没有说话，他知道我在怪他，后来他跟我说，当我们战胜不了对手的时候，就只能智取。他还跟我说，以后不要多管闲事，先保护好自己，才能保护好别人。我却一直认为是他胆小，我甚至觉得一直柔弱的他更像个女生。没过多久，那个经常被欺负的男生转学了，我也就很少打抱不平了。

　　而此刻，我正站在班主任的办公室里，我哭着把刚刚发生的事情重复了一遍，那哭声特别凄惨，连隔壁桌的老师也为之动容。最后班主任对我说，一定会严惩刘睿，绝不能让这种事继续发生，我才终于收起了眼泪。

那天回到教室后，班主任就把刘睿叫了出去。他回来后，朝我的方向看了一眼，我没有回避他的目光，但他也只是看了一眼。

放学后，我和常远刚走出校门，刘睿就出现在我们面前，我顿时很惊慌，常远却很镇静。刘睿不动声色地走到我的面前，用他那双清澈的眼睛盯着我，我刚要抽身离开，他却先说了声对不起后，转身走开了。常远和我都感到意外，后来我把发生的事情告诉了常远，他很久都没有说话，脸色却一直很难看。那天他坚持要送我到我家楼下，临走的时候，他告诉我，刘睿曾托他给我一张纸条，但他没有给我，上面大致就是说喜欢我之类的话。

常远说完就一直低着头站在楼门口，我没有说话，当我转身上楼的时候，听到身后有人说了句对不起，那声音听着很让人难受，与刘睿的不同。

那天夜里，在梦中我被一群四不像的生物疯狂追赶，我惊醒后大哭起来，哭声惊醒了熟睡的父母。这件事自然而然地得到了父母的重视，第二天就找到了学校去，班主任答应父母一定找刘睿的家长。我其实并没想过会这么严重，也许是因为那会儿还不完全明白刘睿的行为意味着什么。长大后的我才觉得，那会儿即使要让他退学都是合理的，并且后来还知道，他已经对好几个女同学"下手"了。

没过几天，班主任把我叫到办公室，语重心长地对我说，刘睿的家长暂时不会过来处理这件事，原因是他的父母都在国外，他是跟着哥哥生活的，而他哥哥因为打架刚进了工读学校。不过刘睿愿意当着全班的面向我道歉。而且班主任还说，其实刘睿是个"惯犯"，他之前就骚扰过好几个女同学，但情况没有这么恶劣，而且很多女孩儿也不想张扬这种事，就都不了了之了，学校也只能是以教育为主，毕竟没发生什么，而且毕竟他还是个小学五年级的学生。如果一定要严惩，必须大家都站出来作证才行，不然学校很难轻易开除一个学生。

回教室的路上，我一直很恍惚，不仅仅是因为自己被欺负了，却只能听到一声对不起，而是那个人分明拥有着阳光般的笑容、清澈见底的眼眸。班主任的话也不停地回荡在我耳边，她说，除了我，没有女孩儿愿意出来作证。

那天刘睿当着全班的面向我道了歉，还写了一封检讨书给我，我恻然地接受了，但我却不敢再看他的眼睛。从那天之后，常远午休的时候再没有去踢过球，放学后都会送我到我家楼下再离开。我其实一直记着，那天告诉他这件事后，他一直紧握的拳头。但在那之后，这个事件便没有人再去提及了。

随着小学毕业的到来，大家更是将这些令人感到不开心的事丢在了脑后。令我没想到的是，常远却一直对这件事耿耿于怀。

很久以后，在一次同学聚会的时候，我才听说常远在中学跟刘睿打过架，因为这件事，学校还记过处分了两个人，大家当时都感到很意外，因为没人敢跟刘睿动手，虽说常远被刘睿打得鼻青脸肿，但常远最后居然打赢了。所以一时间成为了学校里热议的话题，也让更多的女同学知道，并且喜欢上了常远这个人。

那天同学聚会常远来得很晚，我们一群人吃过饭后，转战到KTV的时候，他才出现。他推门进来的时候，我坐在角落里，除了房间里不停轮播的歌曲，还有闪耀的霓虹将我笼罩着。我望着他清秀的脸庞，怎样都无法跟刚刚听到的故事联想在一起。他们说那天刘睿被常远打晕在地上，如果不是有人及时制止，恐怕是要出大事的。

那天在KTV，我一首歌都没有唱，就一直坐在角落里，常远就陪在我的身旁。

回家的路上，我沉默不语，走在身边的常远也不曾说过什么。

后来我停住脚步，告诉他我爸和我妈离婚的事，他静静地听着。我仿佛看到了那个在小学教室里，安静地坐在我身旁，认真看我画画的他。

可人生中太多事、太多人，终究是我们看不透也看不穿的。

被时间掩埋的其实不只是秘密，更多的是人本身。就好像那件事、那个人随着时间的流逝，自然地消失在属于我的范围内，很多事情并不需要刻意的回避，我一直觉得，事物和人一样都是存在保质期的。

其实有一件事，我没有告诉过任何人。那是中考结束后的某一天，在我焦虑地盼着成绩公布的时候，意外收到了一封寄给我的匿名信。

我拆开后，才知道是刘睿写给我的，不知道他从哪儿得来的地址，他总是一样出人意料。这是我第一次看到他的字，上一次的检讨书我看都没看就丢进了垃圾桶，想不到他的字迹异常地工整，笔锋伶俐，我甚至怀疑是女孩代写的，但看到内容，还是确定是出自他自己的手。

信不长，里面没有多少寒暄，也没有明确的目的，更像是有感而发，但字里行间却透露着歉意和感激。最令我诧异的是，在信里，他说一直以来都觉得自己是和哥哥一样的人，未来没有什么值得期待的，因为父母很早就去国外赚钱，他们也不用努力想成为怎样的人，也从来没有想过会成为怎样的人。哥哥从小就喜欢打架斗殴，很多人都很怕哥哥，他也很怕哥哥，但因为有这样的哥哥，很多人也很怕他。他还说那些女孩儿之所以不愿意出来作证，还有一个原因，就是因为她们都喜欢他，只有我从没注意过他。而根本不在乎任何人的他，不知道为什么喜欢上了我。那天的意外，也许是因为他知道我的眼里根本不可能会有他，他说那是他人生中第一次感到失落。但当时的年纪太小，很多情绪自己也搞不清是什么，所以他用了很久让自己明白，其实小时候你喜欢一个人，就是从那个人身上看到了自己喜欢的样子，跟其他的并无关系，所以他很抱歉曾经做了伤害我的事。最后他说，之前是故意让常远带字条给我，因为他担心常远也是喜欢我的，后来在中学跟常远打过架后，就更加确定常远是喜欢我的。但他终于明白那种喜欢和他的不同，所以他突然觉得人生其实是应该有所期待的，因为他想做个勇敢的人。信的最后，他说决定去考大学，之前本来只打算念完中学的。

我读完信后，心里异常地平静，也没有想再读的欲望，便把信撕了，直接扔进了楼下的垃圾箱里。我对这个人已经没有恨意，只是不想停留在之前那件令人难过的事情上。想到他因为我而找到真正的自己，竟然有一丝的彷徨。我又有多少时候是真正勇敢的呢？在我们的躯壳之下，到底有多少是真正属于自己的灵魂呢？很多人不能如此地幸运，他们在奋力找寻自己的时候，也许弄丢的不只是自己的灵魂，还有生命。

我的小叔叔就是这样的一个人。他和婶婶是在姑姑和姑父离婚后，接下来选择离婚的。我们家仿佛被下了魔咒。而他短暂的一生也像是被下了魔咒一般，因为所有人都不曾相信，我们眼前的他不是真正的他。

小叔叔是一家人里，我认为最和蔼可亲的存在，他的话总是很少，笑却很多。小时候我们几个孩子特别喜欢围着他跑，他总是摸摸我们的头，接着便从衣服口袋里掏出几颗包着透明玻璃糖纸的五颜六色的水果糖给我们，然后脸上就露出他标志性的憨憨的笑，于是我们几个孩子吃着糖就跑开了，他就留在原地再看看我们，有时候我们折返回来，想不到他会从衣服另外一个口袋里再次掏出几颗糖给我们。我小时候话也很少，却特别喜欢黏他，有时候从他那里拿完糖，还要抓着他的大手，半天不肯松，他就会突然把我举起来，转上几圈，我们俩一起哈哈大笑后，我又平安降落到地上。是的，我当时觉得自己是飞翔在空中的，他的大手异常地有力，我从没想过他的生命会那般地脆弱。

小叔叔和婶婶婚后不久便生了个女儿，现在想来，应该是未婚先孕吧！好在那会儿家人都比较喜欢婶婶，爷爷奶奶更是对这个儿媳妇非常满意。婶婶是那种一眼看上去秀外慧中的女人，而且饭做得特别好吃，小叔叔看她时眼里总是充满了温暖，对她更是百般温柔，两个人经常会在黄昏时分牵着手去散步，世上的恩爱夫妻大抵如此。妹妹长得极为像小叔叔，皮肤白皙，眼睛狭长，头发又细又软，阳光下泛着棕黄色，嘴唇很薄，嘴角却自然地上扬，五官虽不那么精致，却温婉可人。每当小叔叔把妹妹抱在怀里的时候，我都觉得妹妹是这个世界上最幸福的女孩子。

小叔叔有一辆挎斗摩托车，平日就停在楼下的一个角落里，我们几个孩子最喜欢的就是在这辆挎斗摩托车上玩过家家，当然更喜欢的是小叔叔开着这辆挎斗摩托车，带着我们兜风。我经常抱着妹妹坐在挎斗里，尤其是在夏天，风吹打在脸上，头发全部飘向脑后时，别提有多舒服了，那一刻仿佛所有的烦恼都烟消云散了。现在想想，小时候又能有什么烦恼呢！无非就是想要的玩具不能马上到手，喜欢的饼干总是吃得太快，夜里醒来忘记了美梦的内容。和大人们的烦恼比起来仿佛都是些不值得一提的事，就好像那会儿觉得读书是最辛苦的事，长大后才知道没有什么比读书更为轻松的事了，闲暇时能捧起一本书，对自己来说就是极大的放松。可惜很多事情我们知道得太晚了，也许这才是生命的意义，我们当下所经历的每一刻都是之后再也没有的那一刻，学会珍惜当下的人，也许才是最幸福的人。只是我知道得太晚了，不然我会告诉小叔叔这个道理，相信他会懂，那样他也许就不会那么早地离开我们了吧！

小叔叔年轻的时候就非常喜欢摩托车、汽车这些一般男孩儿都会喜欢的东西。但他应该是更为热爱，在他的房间里，有很多关于摩托车和汽车的杂志和书籍，书架上几乎是一尘不染，杂志都是按照日期顺序排列的，书籍更是会按着书本的大小高低排列整齐。小时候我对这个书架的好奇就像对货架上没有吃过的饼干一样，有一次我偷偷地拿出一本杂志翻看，看了几分钟就看不下去了，之后便对这个书架没了兴趣。对于小女孩儿来说布娃娃的魅力远远大过于此，就好像我小的时候会收集很多很多芭比娃娃一样，我会给她们穿上不同的衣服，让她们说着只有我自己能听懂的话，我却乐在其中，但长大后，我把她们全部装进一个大箱子里，封存了起来，因为那一刻，连自己都不相信她们说过的话了，至于她们穿什么衣服，对我来说更加没有了意义。

小叔叔的爱好却一直延续了下来，那辆挎斗摩托车成为了他人生中第一辆车。之后他又有了一辆夏利，在我童年的记忆里那辆暗红色的小车很破很旧，但他却视如珍宝。在那个人人骑自行车的年代，能拥有一辆夏利，对于他来说也许是件很幸福的事情。他开着那辆小车时，眼睛里仿佛闪着光，就连平日里憨憨的笑也变得精神起来。但我还是更喜欢那辆挎斗摩托车，我太喜欢坐在那个挎斗里了。

我上小学后，就很少去小叔叔家玩了，后来听说那辆挎斗摩托车被小叔叔卖了，我莫名地难过了很久。再后来听说那辆夏利也被小叔叔卖了，我仿佛释然了些。

又过了很久,我在小叔叔家楼下的那个角落,看到了一辆自己并不认识的车,那辆车比之前的夏利大多了,是黑色的,看上去一尘不染,车前面有个标志,特别像我小时候经常给芭比娃娃戴在头上的皇冠,我顿时对这辆车有了好感。

之后小叔叔又拥有了很多很多辆车,但我都没有见过,最后我是在一张报纸上见到了小叔叔和那些被他热爱过的车。

我真正看到印有小叔叔和那些车照片的报纸时,那张报纸已经泛黄,小叔叔已经去了另外的世界。令人特别难过的是,他离开的时候没有一个亲人在身边。很久很久之后,我都不敢去回想他的脸,我想象不出有着那般憨憨的笑容的那张脸,最后的时刻都经历了什么,他该是怎样不情愿地闭上那双眼睛。

小叔叔和婶婶离婚的原因也是到了最后我才知道,大人们都不太愿意提及关于小叔叔的一切,但我不安分的好奇心促使我不断地去寻求所谓的真相,我一次又一次地去试探大人们的底线,在他们口中听说了一个个令我震惊和匪夷所思的故事。其实,我的试探也并不高明,我想可能是因为他们对小叔叔的不解与思念,才让我屡屡得手。他们向我倾倒着内心的垃圾,同时对小叔叔的怨恨日渐消退,所剩的东西就永久埋在心底的深处,我想,这应该就是所谓的家人吧!

可唯独婶婶是个例外,因为很多事情她都无法释怀,就连小叔叔的葬礼都没有露面。但我更愿意相信，她是害怕看到小叔叔最后的样子而没有来。我猜想，那一刻她一定躲在家里掉着眼泪。也许她眼前也会和我一样闪现出那辆挎斗摩托车，小叔叔就骑在上面奔向远方，我们都期盼他能回头看看我们，但并没有。

导致小叔叔和婶婶离婚的原因，现在听起来无限荒唐，但却是真实存在的。小叔叔是爷爷奶奶最后一个孩子，也是家里最后一个结婚的孩子，妹妹出生的时候，家人们多少有些失望，但都没有表现出来。因为我这辈的都是女孩儿，爷爷奶奶最后的期望也破灭了，可极力隐藏的失望还是让小叔叔察觉了一些。于是小叔叔跟婶婶商量再生一个孩子，可那个年代是不允许生二胎的，被发现了是要罚款的。其实婶婶也是不想再生的，但无奈小叔叔很执着，只好每次都用高额的罚款为借口去劝说小叔叔。久而久之小叔叔也不再提了，憨憨的笑容又渐渐地浮现在脸庞。爷爷奶奶对妹妹还是喜欢的，更何况小叔叔一家人与爷爷奶奶生活在一起，其实爷爷奶奶对妹妹的关爱和照顾比其他孩子还更加多一些。

就在所有人对这件事渐渐淡忘的时候，小叔叔在一个深夜，开着一辆黑色的轿车回到了家。就是那辆我一见倾心的有着皇冠标志的汽车。没过多久这辆黑色的皇冠轿车也被小叔叔卖了，换了一辆我更加叫不出名字的灰色汽车，我对这辆汽车没什么兴趣，我遗憾的是还没有机会乘坐过之前那辆我颇为喜欢的皇冠汽车。而小叔叔也更加地忙碌，经常出差，婶婶看上去却总是提不起精神的样子。每次我去爷爷奶奶家，看到婶婶心不在焉地哄妹妹玩，有几次妹妹叫妈妈的时候，婶婶却在一旁发呆走神儿，小孩子对这些其实是不太在意的，婶婶不回答，妹妹便不再叫了。每当这个时候，我都会拉起妹妹的小手，试着给她讲个故事，总是能逗得她咯咯地笑。妹妹笑起来像极了小叔叔，这让我突然就想起许久不见的小叔叔，怀念起那双大手，还有五颜六色的水果糖。但我却无意中发现小叔叔的书架上已然布满了灰尘，烈日下，那错落有致的书籍没有多也没有少，一道直射的光柱投射在上面，光柱里纷飞的尘埃正缓缓落下。

　　不出所料，没过多久，灰色的汽车也被小叔叔卖了，继而是白色的、红色的……直到家人已经不再去关注车的颜色和款式。小叔叔的日子已经得到了质的飞跃，于是他再一次向婶婶提出生孩子的请求，或者说是要求，婶婶之前那一套强有力的说辞，显然已经苍白无力。于是两个人开始为要二胎做起了准备，准确地说应该是充足的准备，为了避免二胎还是女孩儿，两个人研究了不少书籍和实例，但天不遂人意，婶婶却迟迟怀不上孩子。两个人又开始各种寻医问药，又折腾了大半年，已然精疲力竭，婶婶的肚子却还是一点动静都没有。在这段披荆斩棘的日子里，他们对妹妹的关爱自然少了很多，婶婶自觉对不起妹妹，决定不再要二胎了。小叔叔却整日闷闷不乐，眼里的光随着脸上的笑也越发地少了起来，除了出差的次数越来越多，平日里也经常晚归。婶婶却不再郁郁寡欢，反而带着妹妹把日子过得明明白白。就连爷爷奶奶也不免有些看不过去，老人家难免唠叨，每当小叔叔回家的时候，爷爷奶奶就不停地以教育为目的劝说他。每当这个时候，小叔叔就会露出他标志性的憨憨的笑，以便蒙混过关，转头关上门，便对婶婶发起无名火。婶婶委屈地落泪，却也唤不回他。这会儿的家人哪里知道，他已经染了心魔。

小叔叔开回家的车越来越多，身边的女人也越来越多，显然他需要的已经不是一个能给他生个男孩儿的女人。婶婶终于忍受不了这种生活，带着妹妹暂时回了娘家。小叔叔却没有一点悔改之意，婶婶并没有等来小叔叔接她回家，等来的却是他带着其他女人出现在某某地方的消息。很多时候我都在想，婶婶是怎样也想不到那个曾经满眼是她，眸子里尽是温柔的人，竟会如此绝情。无奈婶婶只能选择离婚，小叔叔给了婶婶和妹妹一笔钱后，潇潇洒洒地离开了那两个深爱他的女人。他后来一定是极为后悔的，但可惜老天并没有给他赎罪的机会。

小时候曾看过一个神话故事，里面说只要向魔鬼出卖灵魂，就可以换取自己想要的一切。长大后，我反倒觉得，其实和魔鬼达成契约的时候，并不是魔鬼拿走了你的灵魂，而是你成为了魔鬼的帮凶。

然而很多时候，真正能帮助自己的人只有自己，灵魂更是需要靠自己的力量从魔鬼那里取回，因为只有自己知道，自己的灵魂存放在何处。

我想起几年后刘睿的信，那封被我丢进垃圾箱的信，那无疑是一封向魔鬼下的挑战书。我甚至有一些嫉妒他，他的勇气是小叔叔没有的，我多么希望小叔叔有这样的勇气，去面对自己的错，那样他就不会越错越离谱，不会那么早就离开我们。

接到小叔叔死讯的时候，爷爷奶奶一夜间就白了头，全家人陷入了一种莫名的悲伤之中。那会儿我们还小，大人们没有告诉我们小叔叔是怎么死的。爸爸作为一家的长子，操持着小叔叔的丧事，我看到他躲在角落里不停地抽着烟，环绕的烟雾中，隐约看到他血红的眼眶。我的心顿时很疼，像是被某种重物撞击，称不上撕心裂肺，是那种难以言表的闷闷的痛。

那是我人生中经历过的第一个至亲的人离开，那会儿年纪还小，脑海里留存的都是所有美好的事物，以至于以后的时日里久久不能忘怀，这对于一个孩子来说，是相当难过的。

几次睡梦中，小叔叔都骑着挎斗摩托匆匆而来，他跳下摩托车，从口袋里掏出包着透明玻璃糖纸的水果糖给我，奇怪的是那些糖却只有一种颜色——最为普通的白色，但我依然将糖紧握在手心。只是每次梦醒后看着空空如也的掌心，平添了无数失落和惆怅。

小学毕业后的那个暑期特别地炎热，比以往的夏天要热得多，平日躲在院子里几棵大树下乘凉的人早已不知去向，院子里静得像一潭死水。连昆虫都只愿栖息在树荫下，发出微弱而嘈杂的鸣声，像是被热浪灼伤后的喘息。被烤干的空气里却散发着十分黏腻的气息，所有争相盛放的花朵，仿佛都透露着一丝腐败的味道，令人心惊，却又不值一提。

那天只在外面走了一小段路就已经热得我吃下了三根冰棍儿，随时可以清楚地感觉到胸前的汗珠不停地滑落到肚皮，奇怪的是汗水滑过的时候还有一些微微地痒，我把衣服按在肚子上，衣前便湿了一大块，看上去特别滑稽。这样的天气，我一分钟都不想在外面多待，并且口袋里的钱也不够再买一根冰棍儿，突然觉得常远这个跟屁虫要是在身边就好了，我已经有十多天没有见到这个家伙了。

回到家里也并没有马上凉快起来，电风扇因为前几天成宿地开，已经罢工了，爸爸拿去修，还没有拿回来。我灌下一杯凉白开后，在家里到处寻觅着扇子。

客厅的一角摆放着一张属于爸爸的写字台，平日里我很少用这个地方，我有自己的书桌。爸爸对写字台爱护有加，写字台上干净整洁，玻璃板下面压着几张黑白老照片，有爸爸和妈妈的合照，还有我们一家三口的合影。左下角是爷爷和奶奶一家人的合影，照片上的爸爸也就我这么大年纪，爷爷奶奶坐在第一排，只有五六岁的小叔叔坐在奶奶的腿上，姑姑和二叔站在我爸的两侧，每个人都含蓄地笑着，只有小叔叔笑得灿烂。我不敢再细看下去，立马继续去寻找扇子。

写字台有两个抽屉，我之前从未打开过，抽屉没有上锁，我对它便没了好奇。人们对随时可以取阅的东西，总是显得漫不经心，这也许是人类的通病。我打开左边的抽屉，里面果然都是些我不感兴趣的小玩意儿，最上面放着块手表，是爸爸经常戴的，还有一把瑞士小军刀，火红的颜色，我很喜欢，爸爸说等我长大了可以送我，我想着早晚会是我的，都懒得再去动它，现在找扇子才是当务之急。我继续打开右边的抽屉，里面的东西显然不是经常动的，都是些纸袋子、信封、邮票之类的。当我感到失望的时候，我突然发现靠着抽屉的壁板放着一个纸卷，看样子长度宽度跟扇子很相似，我甚至有一点兴奋，幻想着这是一把怎样的宝扇，要藏得如此隐秘。当我拿起它后，我再一次失望了，它很轻，仿佛就是张纸的重量，里面肯定没有扇子。我想把它放回原位的念头只维持了一秒钟，就决定打开它一看究竟了，人果然对未知的东西总是充满好奇。

我小心翼翼地将它打开，生怕弄坏了它而恢复不了原状。当我完全将外面包着的纸拆开的时候，我看到里面竟然是张泛了黄的报纸，准确地说是正常报纸的一半大小，当我将报纸完全摊平在写字台上，我惊呆了。

报纸上一个非常显眼的版面上，登载着一则新闻，下面还配有几张清晰的图片，那标题是黑体加粗，看上去异常醒目：

偷车大盗×××落网

小叔叔的名字就这样突然闯入我的眼帘，我来不及去读文字，就马上去看图片上都有什么。图片上全是各式各样的小汽车，报纸上看不出它们的颜色，可我眼前却不断浮现出黑色、白色、红色……各种颜色的汽车来。在各式各样的汽车图片中，有一张更为显眼，那是一个头戴黑色鸭舌帽的男子，双手戴着手铐，帽檐压得很低很低，几乎看不见眉眼，他的身旁站着两个表情严肃的警察，仔细看上去又仿佛流露出一丝得意的神色。

中间的男人不就是我的小叔叔嘛！我差点儿惊呼出声。

豆大的汗水不停地渗出，汗水顺着我的额头流向脸颊，又流到了脖子，我忘记擦汗，更忘记了继续去找什么扇子，用最快的速度读了一遍上面的文字。

上面的文字大概就是说小叔叔不停地偷车，并且技艺高超，躲过了警察无数次追查。因为小叔叔从小就喜欢汽车，对汽车有一定的研究，下手时异常地顺利，并且都是些高档轿车，最为高明的是作案后他马上将汽车变换了颜色，所以警察屡屡失手。而警察对屡屡得手的小叔叔更是深恶痛绝，所以不停地加大警力，最后是在一条高速公路上将小叔叔截获的。

等我回过神儿来，我脸上身上的汗都已经干透了。我看了一下时间，爸妈也快下班回家了，我赶紧把报纸卷好，照原样又将纸包好，放进了抽屉原来的位置。然后就一屁股坐在沙发上，脑袋里便开始胡思乱想起来。

可不管我怎么想，却无论如何都不能把那个憨厚的小叔叔和大盗这个词联系在一起，这对于这个年纪的我来说太可怕了。我无法想象那只有力的大手，在夜深人静的时候，灵巧地打开别人的车门。那个会变出五彩糖果的小叔叔，竟然也可以让不同的汽车变换颜色?!

难怪在小叔叔离世前，家里没有一点关于小叔叔的消息，家里的气氛也一直是神神秘秘的，原来出了这么大的事情，只是大人们想瞒着孩子们而已。我更加想知道小叔叔到底是怎么死的，难道他被判了死刑吗？偷几辆汽车就会要了他那么年轻的生命吗？关于这些疑问，我知道父母那里一定都有答案，但我要怎样去问他们呢？我知道他们一定不希望我看到这张泛黄的报纸，但我却鬼使神差地看到了，我不能当作不知道，我非常想要知道。

那天晚饭，我吃得心不在焉，看着爸妈神情自若的样子，我想对于他们来说这件令人难过的事情就如那张旧报纸一样渐渐泛黄淡去了，于是，我把即将说出口的话，又咽了回去。

那天夜里，我又做梦了，梦里小叔叔不再骑挎斗摩托了，而是开着一辆五彩缤纷的小汽车，他将车停在我的面前，我打开车门，坐了进去，那坐垫很软很软，软到我一坐上去就陷了进去。他也不再给我糖，反而是递给了我一把奇怪的工具。我一直盯着他看，他却不看我，只顾着专心地看着前方。汽车行驶在一条狭长的小路上，那是一条七扭八歪的路，但我却丝毫感觉不到颠簸。车里播放着一首我叫不上名字的歌，旋律十分悠扬，当歌曲结束的时候，小叔叔就又露出他那标志性的憨憨的笑。

故事讲到这里，我不知道还有多少人跟我一样，想要知道小叔叔到底是怎么死的，但我知道，这答案对我来说一直很重要。

我一直在等一个机会，也许是一个契机，或许是要等到我足够成熟的那天，我有足够的勇气拿出那张旧报纸，但我也有足够的能力不将父母重新拽进那个漩涡，我希望他们能平静地给我讲一个关于小叔叔的完整的故事，如果不能，至少他们在哭泣的时候，我可以给他们一个有力的肩膀去依靠。

然而命运总是这么喜欢捉弄人，当我的肩膀还不够坚韧的时候，我却先等来了这个契机。

我升入高中以后，父母便开始分居，我跟母亲生活在一起。父亲渐渐地从这个家里消失，他放在家里的东西也越来越少，奇怪的是他每次回来拿东西，我都不在家，所以一直以来，我都觉得他是蓄谋已久的。但那卷旧报纸却被他遗忘在抽屉里，我曾幼稚地觉得，他一定是忘了拿。

父亲在每个月的某一天，都会带我去学校附近的饭店吃饭，每次都点上我最爱吃的那两个菜。如果我因老师拖堂而迟到，菜虽已经上桌，父亲却也还是会等我一起吃饭。每次见面都会聊一些近况——生活、学习，能说的话好像越来越少。

我记得那天，我比父亲要到得更早，点了他更喜欢的下酒菜，惴惴不安地等待着他的到来。父亲坐稳后，我从书包里拿出了那卷旧报纸，递到他的面前。

"我想你忘了拿这个。"声音温婉得连自己都吓了一跳。

父亲比我想象中还要镇定一些，他没有马上说话，而是问服务员要了一瓶啤酒。一个空玻璃杯里瞬间溢满了啤酒和泡沫，我觉得那是属于秋天的颜色。

"有些事情，你也该知道了。"父亲平静地说着。

是啊！到了这个时候，我还有什么不能知道的呢！我心里翻腾着，但却沉默着。

那天晚上，父亲喝了不少，起身前他把那卷旧报纸装进衣服口袋里，我们走出饭店，便去往不同的方向。

公交车上的人很少，我坐在靠窗的位置，街角的霓虹闪烁不停，每当划过我的眼角便模糊成一团，那里面红的、绿的、黄的、紫的不断交错在一起，最后划过我的脸庞，跌落在空气中，那是一种滚烫转瞬即逝后的微凉。父亲的话盘旋在我头顶，一直期盼的答案，终于揭晓后，竟然不是一种如释重负，而是一种旷日持久的期待后的落寞。很久之后我才明白，其实那是对命运的一种无力感，是生而为人的一种无奈，是对别人所做的选择的一种无奈，而对自己才是抱歉，因为无法阻止，而向自己说句对不起，然后更加坚强地活下去。

小叔叔因为偷盗了太多高档轿车，最终被判无期徒刑。所以小叔叔并不是死在一颗子弹之下。看来我长久以来的判断没有错，但他错误的选择最终还是要了他的命。我想很多人会说，这就是他的命吧！但谁又知道他在这命里挣扎了多久。

从收审到最终判刑快半年的时间，那些时日是小叔叔这辈子最难过的时间，也是家人们最揪心的日子。听父亲说，小叔叔在里面吃了不少苦头，整个人都瘦了好几圈。最后的宣判对他来说也算是一种解脱，只是结果比大家想象的还要糟糕。被判了无期徒刑算是一种生的绝望，也许还不如死的洒脱，但能苟且地活着，也算是一种救赎，对家人来说哪怕还有一线希望都不愿放弃，只是谁都不能切实地体会到那种绝望带来的消极。

收押小叔叔的监狱是专门用来关押重刑犯的监狱，那座小城共有五所监狱，号称是监狱城市。听父亲说小叔叔被警车送往监狱的那天，天空突然毫无征兆地阴沉下来，墨色的浓云挤压着天空，淅淅沥沥的雨从天空飘洒而落。现在想来那天的雨也许是在为小叔叔送行，他就这样真的再没能回来这个生养他的城市。戴着手铐脚镣的他被剃光了头发，穿起狱里人人必穿的狱服，那上面有着属于自己的编号，从此在高墙里过上与世隔绝般的日子。难以想象平日里如此憨厚的人每日要面对那些重刑犯，那种日子到底是怎样的煎熬，唯有他自己知道。家人们在被允许探视的时候，尽量多地给予小叔叔物质上的帮助和支援，希望能帮他熬过最开始的那段难挨的日子。

父亲说到这里的时候是哽咽的，他说每次看到小叔叔消瘦的脸庞上略带着伤痕，就知道他在里面过得一定狼狈不堪。但他仍然觉得一切都会好起来，每次探视都告诫小叔叔一定要好好劳作，争取早日减刑，家人们会全力地帮助他。小叔叔以前话就不多，到里面之后话就更少了，每次都只是点点头，那标志性的憨憨的笑再也没有出现过。

就在大家都觉得一切都在向好的方向发展的时候，家里突然接到监狱打来的电话，这个噩耗出乎所有人的意料，小叔叔在监狱里突发心梗。家人们连夜赶去那座小城，可他早已没了气息，他最后一眼看到的是谁、是什么，就这样成为了一个谜。至今没有一个家人愿意相信小叔叔死于心梗，但又能怎样。

父亲深深地叹了口气，我感受到胸口被什么东西压住一样，想推开，却又无能为力。我又想起葬礼上父亲血红的眼眶，没人知道他偷偷流了多少眼泪，奶奶不久也患了重疾，熬了一年也离开了我们。现在我突然觉得，至少小叔叔在那边不会孤单了吧！

听说小叔叔被警察截获时特别慌乱，那个憨厚老实的他还是不擅长撒谎的。其实当时警察只是例行检查，而正巧他那天开的车还未来得及变换颜色。所以我仍然认为他骨子里还是个好人，现在还有多少人会做贼心虚呢？他还坏得不够彻底，像他这样的人是不配跟魔鬼做交易的。

他只是想要个男孩儿，可偏偏事与愿违，他也曾努力挣扎过，最终却还是沦陷了。没有人去探究他到底想要什么，大家都只看到表面的他，和他所做的一切。

那天，他开着前一天刚偷回来的车，驶向大连的方向，他说他要去看看海。

　　那是他夜里做梦时梦到的，很久之前他答应过婶婶，等以后有钱了，就带婶婶去看海。

　　梦里的海是青绿色的，是那样深邃和宁静，怎样都望不到边。

　　醒来时，他脸上有泪，一个人站在深夜的窗前抽了一包烟。

　　天未亮，他就开车上了高速路。

　　这场交易他终究还是输了。

男儿当自强

冰是水的另外一种形态，

它比水更晶莹剔透，它坚硬易碎，

仿佛可以包容一切，就像我们按下的暂停键，

封存住那一刻温度里的一切，

温度过了，它便又悄悄地走了……

我透过满是冰花的玻璃窗往外看，

远处有行人踩着雪，

他们的身影或清晰或模糊。

阳光下的冰花闪闪发光，

绽放也即将消逝在某一刻。

　　小学毕业后的那个异常炎热的暑假，基本是在浑浑噩噩中度过的。没了作业，反而不知道每天的时间要怎样挥霍。这六年来我一直扮演着听话乖巧的好孩子，作业对我来说就是必须完成的任务，我想象不到自己被老师当着全班人的面儿数落的模样，哪怕是在梦里都是会被吓醒的，所以不管老师留的作业有多么地变态，我都会尽全力去完成。

　　升入六年级后我的眼睛就开始有些近视，看远一些的东西会时而感到模糊。因为这事儿我爸还特意找老师聊过，麻烦她帮我调到靠近黑板的座位，老师第一反应是让我爸给我配副眼镜，我爸以我嫌难看、不爱戴为由委婉地给老师送了一些礼物，老师立刻心领神会，没几天我就坐到了第二排的位置。当我知道我爸的行为后，竟感到异常地气愤，我自认为导致我眼睛近视的罪魁祸首正是我的班主任老师，她难道不应该对此负责，给我调个座位吗？因为愤恨，我不再像以前那样，拼命地完成她近乎变态的作业了。

"小学生日常行为规范二百遍，完成不了多加一百遍。"老师非常认真地说。

"应用题每道题十遍。"老师连眼皮都没有抬一下地说。

"作文就写五遍吧！"貌似怜悯地说。

为了完成作业，我先是坐着写，然后趴着写，最后干脆躺着写。就这样日日写，年年写，终于把眼睛写成近视了。

现在去求她给我调个座位，她居然还要收礼，我想我该反抗了。于是我自创了用三支笔同时写字的方法，这样本来要写一百遍的作业，只要写三十四遍就可以了，这样既不用挨骂罚站，也可以顺利蒙混过关，这种方法一次都没有失手。我甚至认真观察过班主任在翻看作业时，不曾有一丝察觉，因为作业实在是太多了，她实在没那么多时间看得仔细。更为令人震惊的发现是，有一次我拿着之前的数学题去交作业，她居然也都没有发现。

我突然间很懊悔，自己老老实实写了那么久的作业，她竟没有认真看过。于是我把更多的精力放在自己真正感兴趣的学科上。有那么一瞬，我竟觉得她布置那么多作业，对她自己来说也许是一种惩罚，每次看到她驼着背、托着腮不停地批改着作业，我都不忍直视。于是，班里很多人开始用我自创的三支笔写字法，尤其是面对"小学生日常行为规范"这么没有营养的作业时，我们曾尝试过用五支笔。

多年以后，我还是不能理解为什么数学题要写上十遍。

让我记忆犹新的还有一件事，就是那个在我眼里一向唯唯诺诺的常远，他经常不完成作业，但成绩却一直不差，总是能顺利挤进班级前五。班主任对他更是无可奈何，经常骂的话到嘴边，却又觉得用词不当，生生咽了回去。

整个暑假我只见到常远两次，一次是刚放假没多久，他问我借了本书，拿起书就匆匆地走了。听说他没考上重点中学，只能去读按地区分配的中学，他爸妈对他寄予的厚望彻底被他搞砸了。我见他闷闷不乐，也不知道该怎样劝慰他。其实每个学校只有五个名额，每个班只有一到两个名额去考重点中学，能得到这次机会已经是很不容易了，只是大人们习惯对任何事总是抱着最大的希望，我知道常远一定很难过。第二次见他是暑假快结束的时候，他来把书还给我，我们在我家楼下的树荫下闲聊了一会儿，那天晚上比之前凉快了一些，时有微风，没那么燥热难耐。想到不能继续在一起读书，难免有些惆怅。

"把你学校地址给我，我给你写信。"常远把书递给我。

我接过书，点了点头。树枝随着微风摇摆着，叶子不时发出沙沙的响声，树枝摇曳的影子映衬在常远的脸上，他的脸忽明忽暗，但眼神坚定。我有意躲开他的眼神，用脚踢起地上的小石子。那件事之后我不再敢像以前那样盯着常远的眼睛看，因为总能想起刘睿那双清澈的眼睛。

这个暑假对我来说特别难熬，要去遗忘之前那件不开心的事，要承受那件事带来的后果，要装作不知道那抽屉里的秘密。但我未曾想到，接下来的生活中还有更多的难题等待着我。

即将升入的中学，便是第一个挑战。那一年我十二岁，成为了一个住校生，只有周末可以回家住一晚上。一开始非常不习惯，我无比地想家，想念我的大床，想念床上陪着我的布娃娃，想念爸爸的一手好菜，甚至连老妈的唠叨也变得无比可爱。我非常后悔当初一口答应爸妈的决定，我应该说服他们才对，但一切都来不及了。无数个夜晚我躺在寝室的上铺久久不能入睡，听着同学们粗粗的喘息声，就更加睡不着。那是我第一次知道，自己有多么爱那个家。但多年后我感激爸妈当初的决定，这让我学会了自己去面对很多问题，去用最合理的方式解决问题的能力，也是受益于那会儿的独立生活。

更让我难过的是，我遇到了一个难缠的同桌。他个子比我还矮半头，脑袋大大的，总觉得里面装满了东西，他口才特别好，基本上能达到"出口成脏"的地步，当我怀疑他是怎么升入这所中学的时候，我听说了他家特别有钱，家里人觉得管教他比较吃力，所以送他来读私立学校。我不知道自己何德何能，竟然能修来和这种人同桌的"缘分"。

他这个人的确特别能说，下课就不停地跟别人高谈阔论，只有我知道他脑袋里装的都是糨糊，上课的时候不停地打瞌睡，考试的时候眼睛不停地往我卷子上瞄。我对他深恶痛绝，每次考试我都要像防贼一样防他，可他还能顺利地瞄上几眼。我曾严肃地警告过他，如果再看我的答案，我就告诉老师，他不但不紧张，反而晃着他的大脑袋，不屑一顾地对我说："你敢?!"

嘿！我就不信邪了，我有什么不敢的。当天我就告诉了老师，他被老师找去谈话后，歪着大脑袋走进教室，一屁股坐在我旁边，直勾勾地盯着我看，准确地说，是在瞪着我。我装作看不见，其实就他那大脑袋，我用余光都看得见。再次考试的时候，他果然不偷看了，但他有事没事就用胳膊肘撑我，然后立马道歉，说是无意为之。于是我在课桌上画起了三八线，但他仍然时常挑衅，就这样我在跟他斗智斗勇中度过了最难熬的初一上学期。

这半年我收到常远的三封信，除了斗智斗勇，看信是能让我提起斗志的另一种方式，但每次拿起笔回信都如同倾倒垃圾一样，把身边不如意的事一股脑地唠叨一遍。

第一封信，常远给我讲述了他在新学校里遇到的所有好玩的事。

第二封信，常远告诉我他特别喜欢英语课，并当选了英语课代表。

第三封信，常远说还有一个月就要考试了，叮嘱我认真复习，考出好成绩。

那个期中考试，我考得并不好，因为常跟同桌斗智斗勇，我的成绩下滑得特别厉害。还有常远最喜欢的英语课，我考了最烂的成绩，因为我们小学并没有教过英语课，我倍感压力，鼻子一酸，就忍不住掉下几滴眼泪。

那年的寒假特别冷，老人们常说，如果哪一年的夏天特别热的话，那年的冬天一定会特别寒冷。果然今年的冬天异常地冷，我从小就特别怕冷，冬天对我来说只有三样东西是可爱的，除此三样外，我对冬天真的是一点好感都没有。但想想只有冬日里才有的雪、冰糖葫芦、冰，还是暗自庆幸过自己可以生在东北这么四季分明的地方。如果冬日里的某一天，我能同时拥有这三样东西，便会开心到跳脚。

这个冬天下了很多场雪，每次下得都猝不及防，总是难以凑齐这三样东西。寒假开始，我就央求爸妈在家里准备些大山楂，我想念老爸做的冰糖葫芦了，但美其名曰，一定要等到下雪的时候再做给我吃。老爸抬了抬眼皮，淡淡地对我说："如果你成绩能再好点，我随时可以给你做，夏天想吃糖葫芦都没问题。"我心里却想着，夏天的糖葫芦白给我都不吃，不过这话至今没有告诉过他。话说我爸做的冰糖葫芦真不是盖的，一定要挑选个头大小一致的红彤彤的大山楂，抠净山楂籽，用冰糖和蜂蜜化糖。家里有一块光滑的小铁板，锃光瓦亮，专门用来放置刚蘸了糖的山楂串，待糖凝固了以后，十分钟之内咬上一口，糖的酥脆和山楂的清香酸甜恰到好处，是外面卖的冰糖葫芦永远也无法企及的。

至于冰，就更"讲究"了一些，一定要用老妈亲手烧的热水，晾凉后的凉白开放入绵白糖，不停搅拌，充分溶解后，盛入一个小饭碗中，碗上盖好盘子，放置在阳台的窗户边。我家的阳台朝北，到了冬天就是一个活脱脱的室外冰箱，但在自然环境下冻的冰和冰箱里冻的冰是完全不同的，想到这辈子也许很多人没有过这种尝试，竟会偷笑。这样冻上一天一宿，方可制作完成。吃冰的时候要有仪式感，提前十分钟取进屋，待冰和碗稍稍脱离后，扣进一个盘子里，用勺子掘着吃，实在撅不动，可以舔，小时候牙口好的时候，我更喜欢嚼着吃。东北的屋里暖气十足，吃着冰看着雪，别提多惬意了。

冰是水的另外一种形态，它比水更晶莹剔透，它坚硬易碎，仿佛可以包容一切，就像我们按下的暂停键，封存住那一刻温度里的一切，温度过了，它便又悄悄地走了。东北孩子对冰都有着自己的情怀，冬日里去上学，经常是一路打出溜滑，翻雪堆，往日里路上的无趣瞬间消失了很多。放学后，走过一群低矮的平房时，屋檐下挂着一排排冰溜子，挑上最干净的那根，用手一掰。每当这个时候站在我身边的常远都会对我说："这冰不干净，不能吃。"可每次我都会把冰举到他眼前，让他仔仔细细地看上一遍，然后对他说："你看这冰多干净，一定可以吃。"于是我给他也掰下一根，他每次都拗不过我，只得陪我吃冰。说来也奇怪，我们从来没有因为吃冰溜子而拉肚子生病，也许这冰真的是干净的。只不过，常远偶尔会带着我刻意地绕开那段有低矮平房的路，我也假装不知道，其实我也不是任何时候都对冰溜子感兴趣。

现在想想小时候的快乐总是来得那么容易，这三样同时拥有并非难事，只要用心，有预见性，这都是轻易可以得到的快乐。跟很多事情比起来，真的是太简单不过了。

每年的大年初四我们一家人都会去姥姥家过年，无一例外。今年初三下午就开始飘起了零零散散的雪花，我望着窗外的雪，美滋滋地想着，天气预报还真是准，昨天晚上让老妈冻的冰在经过了雪花的洗礼后，一定更为完美了。此刻楼下的那棵歪歪扭扭的桃树上已然挂满了雪，那干枯的黑褐色的枝干，一下就变得柔美起来。雪是天空向人类倾诉的爱意，让一切都温柔和浪漫起来，这样想着心也跟着温暖起来。

晚上雪下得小了很多，下午吃过了老妈做的冰，甚是欢喜。这会儿老爸正给我做着冰糖葫芦，我快乐得像一只麻雀，不停地跳来跳去。心里想着，下个学期一定要好好努力，把英语成绩提高上来，不能只顾着跟大脑袋同桌斗智斗勇，也不能太想家，再坚持两年半就可以赖在家里不走了啊！可惜人生有太多的意料之外，这一刻的快乐终究还是没能留存下去，就好像冰雪终会融化，无法幸免。

初四的早上，雪停了，外面亮得刺眼。因为要去姥姥家拜年，我起得很早。我看向窗外，到处都是白茫茫的，因为过年的缘故，出行的人不多，雪地上没有一个脚印，如同一张软绵绵的毯子，铺在地上，一想到有可能成为第一个去踩这张"毯子"的人，就兴奋起来。

"看这积雪，应该是下了一个晚上。"老爸站在窗前对忙碌的老妈说。

"那得多穿点，路上肯定冷。"老妈已经把早饭端进屋里。

可当我们一家三口全副武装，拎着给姥姥、姥爷准备的礼品，走下楼时才发现，一楼的单元门怎么都推不开，这是我人生中经历的第一次大雪封门。

半个小时后有人在门外清理了积雪，我们才得以走出去。也是走出去才知道，这张白色的"毯子"比想象中还要厚，这雪足足到我膝盖的位置，一步一个脚印对我来说太难了，不一会儿就已经浑身是汗。

等我们好不容易走到公交站的时候，又发现公交车暂停了运营，因为路上积雪太深，还未来得及清扫，无法通车。

显然我们只有两条路可以选，一是立刻回家，二是继续前行。

我们选择继续前行后，就开始步履蹒跚地走向姥姥家，姥姥家离我们家有七站地，平时都要走上一个小时，现在这种路况恐怕两个小时都不够。

我十分后悔穿着老妈新给我做的棉裤，走路的时候我仿佛觉得自己的腿是假肢。但我竟无比地兴奋起来，因为路上行人甚少，这白色的"毯子"都是崭新的，我踩在上面虽然吃力，但只要一看到它完整的样子，我就又勇敢地迈开了步子，拎着礼品盒的爸妈竟也被我拉出一段距离。

我心里想着也许会有无数个人要踩着我的脚印前行，这样就不会走得如此辛苦，每一步都踩得更结实了些。我回头看向爸妈，老爸正拉着老妈的手，老妈正踩着我的脚印前行，我站在原地望着他们，那一刻我觉得幸福，我咧开嘴傻笑，汗水滚落到口中，咸涩中竟带着一丝甜甜的味道，我又想吃冰了。

那天只走到了一半，马路上就清理出一条窄路，很快就通了公交车。我坐上公交车的时候，发现我的棉裤腿儿都已经湿了，老妈为这条新做的棉裤叹息着，一直唠叨不停，老爸把礼品盒堆放在一边，用手帕擦着额头上的汗。

那是一条棕黄色的手帕，上面没有多余的花纹，只是在一角上绣着他的名字。很久之后才知道，那是老妈跟老爸谈恋爱时，送老爸的礼物。

我透过满是冰花的玻璃窗往外看，远处有行人踩着雪，他们的身影或清晰或模糊。

阳光下的冰花闪闪发光，绽放也即将消逝在某一刻。

我看得出神，眼睛竟被光刺得生疼，眼泪滑落的时候，我的脸颊正滚滚发烫。这是我小时候经历过的最大的一场雪。

长大后每次下大雪，都还是会想起那一天。

那天的公交车开得特别慢，车上也不曾有几个人同行。

我们一家三口折腾到姥姥家的时候已经快中午了，姥姥打开房门的一刹那，一股热浪和香气扑面而来，想必姥姥和姥爷一定忙活了一个上午。

我实在是太累了，进门后就躺在了床上，老妈帮我把新棉裤拿去暖气上烘干，大人们不停地忙碌，我觉得晕乎乎的，就这样迷迷糊糊地睡着了。

梦里也是这样一场大雪，常远走在我前面，不一会儿，就不见了踪影，我正生气他为什么走那么快，却发现雪地上的脚印踩得很实，我就沿着他的脚印缓缓地往前走。

突然我被谁推了一下，一下就跌坐在雪地里。那个人还在不停地推我，我从梦中惊醒，发现是姐姐来了，我猜是大舅一家人也到了。

姐姐递给我一块大白兔奶糖，我撕开糖纸，把糖含在嘴里。待我渐渐缓过神儿来，我便拽着她去到阳台，打开我从家里带来的一个盒子，里面整齐地摆放着几串冰糖葫芦，我递给姐姐一串，自己也拿起一串，两个人正美得很。

"快吃饭了，还吃什么糖葫芦，那还能吃下饭吗？"不知什么时候大舅板着脸已然站在了阳台门口。

"山楂能开胃，吃得更多。"我拉着姐姐刺溜一下从黑着脸的大舅身旁穿过。

我和姐姐躲到了小屋吃起冰糖葫芦，我边吃边炫耀老爸亲手做的这冰糖葫芦，姐姐却一直沉默不语，像是有心事。

吃饭的时候，我才发现大舅妈没有来，大舅的脸色仿佛一直不太好。之前还以为是因为吃冰糖葫芦，看来是自己多虑了。姥姥和姥爷一如既往地热情，每年这天都会把家里最好的酒菜拿出来。大舅喝了些酒后，脸色红润了许多，话也多了起来，一家人便也其乐融融。大家都很有默契地不去提及小舅舅，仿佛也都习惯了没有小舅舅的消息。就像这会儿也没人去问大舅妈怎么没来一样。

其实我打心眼里是不喜欢大舅妈的，她没有来，我居然还暗自窃喜了一会儿。大舅妈长相算得上清丽，皮肤白皙，乌黑的眉毛下长了一双杏核眼，尖尖的翘鼻子下一张樱桃小口，嘴唇细薄，整张脸最让人不舒服的就是她的腮帮子，宽大的腮帮子跟她那张嘴极为不和谐。还有她的目光总是散发出一种说不上来的气息，让人不想去直视。她对外人总是笑嘻嘻，对家人却总是板着脸，这让我对她一直喜欢不起来。

记得有一年过年，我向她拜年后，她慢悠悠地从口袋里摸出五十块钱，那钱看上去不但旧还皱皱巴巴的。就在我接过钱的一瞬间，她对我说了一句话，至今我都搞不懂其中的含义。

她说："这钱还是借来的。"她说这话的时候，看上去波澜不惊。

我当时却一点都没有犹豫，立马揣进了兜里，装作开心地跑开了。可从那以后，我对这个人就更加没有了好感。

她对姐姐也不是十分爱护，小时候姐姐经常挨打受骂，只要她生起气来就没人敢说话，大舅也是一样，经常唉声叹气。所以姐姐小时候的寒暑假都会来我家待上一段时日，我们同吃同住。老妈还会给我们买相同的衣服、裤子，搞得我们走到哪儿，都会经常被误认为是真正的亲姐妹。每当这个时候，我就庆幸好在我们长得不像，不然以为我们是双胞胎也未尝不可。我其实一直很讨厌和别人穿一模一样的衣服，但每次看到姐姐开心的模样，也只好作罢。直到长大了一些后，我才跟老妈正式提出抗议，老妈却不以为意，这令我十分恼火。有时候我甚至觉得老妈对姐姐比对我还要好一些，很多时候家里有什么好吃的，老妈都会给姐姐也留一份，这曾让年少的我很难过，还一度怀疑过自己的身份。长大后终于明白，老妈是真正善良的人，她看不得别人受委屈，更何况还是自己的家人。可不是每个人都一样善良，真希望这世上所有的善良最终都会被善良以对。

　　大概五年级开始，姐姐就很少到我家来吃住了。对比真的是件很残酷的事情，或许是长大后的自尊心所致，或许是她也渐渐不喜欢跟我穿一样的衣服。不管怎样，我觉得她都应该感谢我的老妈她的姑姑，曾经用心地照顾过她，哪怕是心里曾这样想过也好。可她却越来越沉默，我不知道是怎样的环境会让一个年轻人失去了生机，这样想着，我却开始怀念以前可以穿一样衣服的日子了。

　　后来听说大舅开始兼职开出租车了，每天早出晚归，大舅妈却经常出去打牌，只有姐姐做好饭等大舅回家。大舅开始跟大舅妈吵架，大舅妈伶牙俐齿，口轻舌薄，大舅每次都铩羽而归。

　　这个大年初四大舅妈没有出现，想必一定又是因为吵架，家里人都知道大舅妈的脾气，饭桌上自然是没人过问的，私底下也都是劝和不劝分。后来回到家听爸妈说起，才知道原来大舅妈和大舅吵架后，一气之下回了娘家，这会儿估计正等着大舅去负荆请罪呢！

　　那天吃过饭，大人们还在饭桌上喝酒，我和姐姐就又躲进小屋去，记忆中我和姐姐的所有秘密都发生在这个小屋里。今天当然也不例外，姐姐从衣袋里掏出一包香烟，那是一包没有开封的香烟，现在已经记不起名字，包装看上去很一般。

　　"抽过烟吗?"姐姐语调平缓。

　　我看了看姐姐手中的香烟，再看向姐姐，然后使劲儿地摇了摇头。

　　"想不想试试?"姐姐盯着我看。

　　我其实对这东西没有好奇心，因为经常看到老爸叼在嘴边，冒出的烟雾也令人生厌，很多时候，老爸正享受其中，却被我和老妈赶去阳台。但此时此刻，我仿佛不能退缩，又好像要证明点什么，我脑海里努力搜索着老爸抽烟时的姿势，以便一会儿显得从容不迫。

　　"试试呗!"我话音刚落，姐姐就开始拆包装，看起来不很熟练的样子。

"你抽过吗?"我等待着她的答案。

"没有,所以想试试。"她平静地答道。

我们一人手里举着一根烟,却发现这屋里没有打火机,我俩面面相觑,我突然想到厨房里好像有火柴。

姐姐从厨房拿来火柴,我们点燃了香烟。我学着老爸抽烟的姿势,想不到第一口就把自己呛着了,我歪着头看向姐姐,发现她比我有天赋,她看上去从容不迫,烟雾在她嘴边流淌。

缓缓上升的烟雾中,我看到她紧锁的眉头,眼睛里像一潭死水,看得我心惊。我再次猛吸一口,喉咙仿佛适应了这种刺激,但口中还是感到辛辣,心里想着,怎么会有人喜欢这种鬼东西。

一根烟很快便燃尽了,我想自己以后一定不会再碰这个东西。

姐姐把剩下的揣进兜里,她对我挤出一个似有若无的笑,然后又递给我一块大白兔奶糖。我接过糖,麻溜地撕开糖纸,笑着把糖含在嘴里。

寒假很快过去了,我又回到了那个关押我的"小牢笼"。大脑袋同桌一个寒假里长高了不少,我真担心他的身高会随时超过我,这样我在气势上恐怕就不占优势了。他貌似不经常过三八线了,有一次我橡皮找不到了,他还主动借给我一块,我感到惊诧的同时,对付他的斗志也慢慢削弱了。

这样我就把精力都用在攻克英语上。每天就寝后，我都躲在被窝里举着手电筒，背着一个个令人感到枯燥乏味的单词，几乎每天都背着背着就睡着了，真正做到了梦里都是英语单词。第二天醒来手电筒就没电了，这样下来，光买电池的钱我都负担不起。因为怕影响室友睡觉，我又只能用手电筒，后来我发明了一种方法，我看单词的时候就开着手电筒，背的时候再关上，我发现这样背单词的效果也好了点，除了省电，还没那么容易睡着了。就这样我的英语成绩迅速地提高了，但我的眼睛也真的近视了。没多久爸妈就给我配了副近视镜，我总觉得自己戴眼镜显老，也不好看，从此开始打心眼里厌烦英语课了。

开学后一周左右，我就收到了常远的信，信里常远说寒假跟随母亲去大连看望父亲，过年也都待在那边，直到快开学才返回沈阳。常远的父亲被单位派遣到大连工作，一去就是三年，至今也没有调回来的消息，以前逢年过节都是他父亲往回跑，每次都带回来一大堆大连的特产，我最爱吃里面的烤鱼片，鱿鱼次之。记得常远第一次拿给我吃，放学后我吃了一路，回家后连晚饭都吃不下，爸妈还误以为是那天的晚饭不合我胃口。果然，信里常远说带了好多烤鱼片给我，但回来后时间太紧，没来得及拿给我，等周末我回家再给我送去。我一时开心，很快便忘记了因为一个寒假都没有看到他，对他的怨气。

　　这样我就比平时更期望日子过得快一点，再快一点，盼望着能早一点到周末。现在想想小时候的日子真是慢，现在不经意间就是一年，哪里还用得着期盼，时间便嗖嗖嗖地溜走了。

　　周末常远和烤鱼片同时出现在我眼前，我开心得像只兔子，蹦来蹦去，连老妈都看不下去，对我说："女孩儿要有女孩儿的样子，你看看人家常远都比你稳当。"说完后，又觉得哪里不太对。接着又说："你们玩，我去做饭，今天就在家里吃吧！"常远笑着对我妈说："阿姨辛苦啦！"

　　"这孩子真会说话，你可得好好跟常远学学。"我妈转身去了厨房。

　　我瞪了一眼常远，从袋子里拿出一块烤鱼片，狠狠地咬了一口。

　　晚饭后，我送常远下楼，看到街角有一个推着自行车卖雪糕的老大爷，我看了几眼，心里想着外面还是有点冷的，正低头纠结到底要不要吃上一根，常远就举着一根雪糕晃在我眼前。我抬头一看，发现他手里只有一根雪糕，顿时很失望。

　　"天太冷，你吃一口吧！剩下的我吃。"说话间他已经剥下了雪糕纸。

　　常远把雪糕递给我，我毫不犹豫地吃了一口，这是正宗的皇姑雪糕啊！味道香甜，入口即融，非常好吃，我又毫不留情地咬了一大口后，偷看了一眼常远，他正盯着我看，我有些不情愿地把剩下的雪糕递给他，他接过雪糕，笑着朝我摆了摆手，转身离开了。

我看着常远的背影，心里想着，他也长高了好多啊！

每个周日的下午都是我最难过的时候，一想到马上要回到学校，就提不起精神，收拾东西的速度也都缓慢起来，老妈在一旁着急地催促着。

"你磨叽啥呢？你说你像谁，我和你爸都不这样啊！"老妈边说边瞪我。

我不说话，但心里憋屈，想着你们也不用去住校，哪里了解我的苦。以往都是老爸骑着他的小摩托送我去学校，这个周末老爸出差一直没回来，只能是老妈送我，加上我收拾得慢，等我赶到学校，晚自习已经开始了。

同学基本都到齐了，我趁着教室里还不算安静，溜到了自己的座位。大脑袋同桌看见我迟到了，朝我微微一笑，我当作没看见，从书包里往外掏书和作业本。

"你代数作业做完了吗？"大脑袋问我。

"嗯！"我没有看他，继续往外掏书包里的东西。

"我们能探讨一道应用题吗？"他正虔诚地看着我。

我突然扭过头看他，末了，从嗓子眼里挤出一个"嗯"。

周末的晚自习上，基本都是周末没有写作业的人疯狂赶作业和抄作业的时刻。教室里不算安静，但也不十分嘈杂。一半以上的人，在低头奋笔疾书，周末的喜闻乐见一般都留在周一的晚自习去消化。所以我特别不喜欢周一的晚自习，老师不停地敲窗户，有些人却还是难以克制自己，导致我们一起被管理晚自习的主任骂。

我把拿出的书本按大小排列，整齐地码放在书桌里，接着我拿出作业本和大脑袋一起探讨他问的问题。那道题其实很一般，但大脑袋居然找到了一个很少有人想到的解题方式，我不禁为之一震。

一直以来我的理科成绩都非常好，基本上没有什么解不出的题，我对大脑袋渐渐地另眼相看了些。文科对我来说，则是个奇妙的存在，我不喜欢背文言文，但对作文颇感兴趣，语文考试前我从不背题，成绩总是不好也不坏。对英语我已然深恶痛绝，但仍旧不能放任自流，所以初中三年一直不停挣扎在及格线上。

大脑袋的英语成绩偶尔会比我好些，这曾令我坐立难安，经常会扪心自问，远的不去比，难道我连眼前这个总是窥视我答案的人都比不过吗？虽然现在他已经很少再越过三八线，但曾与他斗智斗勇的那半学期，令我难以忘怀，在我心里他一直是那个只会偷看别人答案、话多、个矮、头大的男同学。

半年后，也就是暑假结束后，初二开学时，大脑袋已经比我高出了半头还多，脑袋看上去也没之前那么大了。之前因为厌恶并没有仔细看过他，原来他皮肤倒也挺白净的，鼻子极为高挺，两个眼睛虽细小无神，但笑起来像一对钩子，竟有几分可爱。但话多这个毛病还是没改，不过渐渐地很少出口成"脏"，脱口而出的竟都是一些笑话和脑筋急转弯，课间的时候，经常听到某些同学被他逗得哈哈大笑。

他的学习成绩提高得也比较快，我一度怀疑他放假的时候一直在上补习班，但因为证据不足，也无从考证。不过我的危机感却油然而生，虽然我搞不懂是什么力量让一个曾经不学无术的人变得积极向上，但我确定以及肯定的是，我绝不能被他超越。于是我又开始在每天就寝后，躲在被窝里背英语单词。

初一结束的那个暑假里，我和常远去中街冰点城吃过两回冰淇淋，相互讲述着学校里的趣事，但我却没有提及关于大脑袋同桌的事情，他也没跟我讲过某一个同学。

常远经常提及的是班里努力学习的人很少，学习环境的确很一般，幸好我选择去了私立学校。他还说，自己一定会努力，考上重点高中，脱离这种氛围。

我只管听着他的话，心里也为自己的未来憧憬过，但自知缺少他那份坚定。我一向是个被动的人，从未想过去主动争取什么，包括幸福。

冰淇淋化得特别快，才一会儿的工夫，就没刚刚那么好看了。

升入初中二年级后，的确发生了很多意料之外的事情，是的，比我想象的还要多些。有些事仿佛在情理之中，却也在意料之外。

生活就像一瓶墨水，你可以用它去书写任何文字，但你也可以随时打翻它。

第一件事，就是我大舅和大舅妈终于离婚了。起初我以为是大舅终于无法忍受大舅妈的尖酸刻薄了，后来才知道，原来是大舅妈在经常打牌的地方结识了新欢，最终再也无法忍受旧爱的软弱了。为此，我发出一声开心的叹息。那个年纪的我对爱这个字还是一知半解，但我却时常能感受到他们之间压抑的气氛。这是至今我认为家人中最该离婚的一对，别无其他。

第二件事，大脑袋同桌个子越来越高，脑袋越来越小，班里竟然有很多女生喜欢他，并且委托我给他递过纸条。我真搞不懂那些女生喜欢他什么，难道就因为他会讲些笑话，逗她们开心吗？每次他在座位上讲笑话，那些女生就围过来，搞得我坐立难安。大脑袋同桌还故意提高嗓门，唯恐别人听不到似的。难得有几个笑话的确好笑，我也只是付之一笑，回眸间竟发现这个家伙正看着我笑。

第三件事，常远寄来的信越来越少，我猜想可能他把精力都放在学业上了。无奈自己一向不是个主动的人，诸多原因，但主要是因为不善表达，终究没能提笔。很多年后，我才知道常远跟刘睿在初中二年级的时候打了一架，学校给他们俩同时记了大过处分。常远因为此事又被他妈打了一顿，想必那段日子一定很难过，但在给我的信里却只字未提。

长大后去回首过去的日子，我突然感觉这一年是隐藏在我人生中的第一个转折点，但我发现它的时候的确晚了些。

大舅和大舅妈离婚后，姐姐跟着大舅妈生活，大舅净身出户，倒也落得清闲。酒喝得比之前还多了些，偶尔在周末的时候会来我家做客，喝完酒后话就多了起来，饭桌上总是重复着一句话。每当这个时候，我妈就及时收走剩下的酒，再给他添一碗饭，叮嘱他多吃点菜，大舅便不再说话，闷头吃起饭来。

每次大舅走后，我都忍不住站在阳台上看上几眼。他步履缓慢，仿佛不知道该去向何方，晃晃悠悠地走过楼下的小路。冬天的时候，楼下的大树都掉光了叶子，我看得还能更远些。昏黄的路灯下，他的影子被拉得老长，又慢慢地变短，最后变成了一个点，消失在我能看到的范围内。不知道为什么，我看着大舅的背影，却总能想起姐姐叫我一起抽烟时的模样，忽然觉得很多时候我们的软弱，恰恰正是我们的坚强，那正是我们变强大的最好理由。

大舅每次走后，爸妈在厨房收拾的时候，都会念叨几句，但都是些只言片语。这样下去，导致我对大舅和大舅妈的故事越发地感兴趣，还有大舅酒醉后经常重复的那一句话。

"都怪我太傻了。"大舅说这话时眼神迷离。

我曾觉得，他说这话时眼前会浮现出过往的一切，那些爱和恨交织在一起。

长大后，我妈终于肯把大舅的故事说给我听，其实有很大一部分跟那些狗血的电视剧情节没什么两样，只是更为残酷一些，毕竟电视剧都有个完美的落幕，而现实生活却不能尽如人意。

大舅和大舅妈是同一批下乡的知青，大舅妈年轻时肤白貌美，在这批知青中算得上数一数二的美人，自然没少被人惦记。

大舅年轻的时候算不上什么小鲜肉，长相也平常了些，但个子高挑，身材魁梧，由于从小就特别喜欢运动，轻易就拥有了自带腹肌的好身材。大舅为人正直，没那么多花花肠子，自然得到了很多人的信任，有什么问题也都找他帮忙，在那一拨知青中人缘极好。

大舅和大舅妈那批知青被分配到一个偏远的小村子，那里全是低矮的瓦房，生产也很落后，到处充斥着贫穷、愚昧、饥饿和寒冷。大舅妈家里条件很好，刚到农村时非常地不习惯，吃的、住的都跟家里相差太多。其实刚开始很多知青也都不习惯，但时间久了就都慢慢适应了，只有大舅妈经常在半夜里偷偷抹眼泪，白天出工也经常迟到早退。

那些心怀鬼胎的人趁着这个机会，使出浑身解数，去讨好大舅妈。有人为大舅妈偷了老乡家的鸡，有人主动帮大舅妈完成劳作任务。一来二去，大舅妈在感动之余也动了心，就在这些人中挑了个自己还算看得上的。

男人对女人好，都是具有目的性的。现在对她的好，只不过是为了得到相应的回报，也许是爱，也许是其他什么。

也许是因为生活在那种环境中，很快大舅妈便和那个男人做了越过底线的事。可在那之后，那个男人便不再那么用心讨好她了，还经常嫌弃大舅妈好吃懒做。大舅妈并没有像大多数女人那样，怨天尤人。她及时认清了方向，并不能在一棵树上吊死，很快这个男人便被大舅妈打入了冷宫。

有人的地方就会有江湖，就会有争斗。后来者居上是随时可能发生的事情，只是在大舅妈那里发生的速度太快了些，这导致第一个男人并不死心，到手的鸭子岂能就这么飞了，于是他不停去找大舅妈的麻烦，找麻烦的同时又开始不停地去讨好她。大舅妈早就认清了他的嘴脸，可她为了报之前轻易被他欺骗的仇，竟也来者不拒，把他给的好处统统照单全收，但并不明确跟他的关系。

这样的三角恋，持续了一段时间，两个男人各种明争暗斗，最终在一场斗殴中画上了句号。在两个男人的打斗中，第一个男人占了上风，可大舅妈并不想跟他在一起，他竟恼羞成怒，向她挥起拳头。

正当带着拳风的拳头即将落向大舅妈时，一只更为有力的手抓住了男人的胳膊，那个挡住拳头的人就是我大舅。

多年后证明，大舅当时的见义勇为，也许害了他。

因为大舅的劝说，两个男人都放弃了对大舅妈的争抢。不知到底是心服还是口服，总之这两个男人加一起都打不过大舅一个人，所以有个台阶下，也就不了了之了。

大舅妈对大舅自然是感激的，眼里充满了崇拜，但大舅并没有乘虚而入。那拨知青里有几个女人暗自喜欢大舅很久，大舅却一直不为所动。发生这件事后，曾一度传得沸沸扬扬，很多人都猜测大舅是喜欢大舅妈的。

因为两个人并没有在一起，这个谣传无从考证，但大舅妈也加入了那几个喜欢大舅的女人的行列。

从此以后，大舅妈认真劳作，有意或是无意——估计更多的是有意，时不时地向大舅请教问题，两个人倒也成为了朋友。

每次想到这儿，我就宁愿去相信，大舅当时是喜欢大舅妈的。遗憾这个东西，是没有去做，并不是做了之后后悔的事。

大舅和大舅妈离婚后，有一段时间是寄住在姥姥家的。姥姥并没有像别的母亲那样，因为大舅离婚而愁眉不展，或是唠叨不停，反而每天变着花样地给大舅做好吃的，劝慰大舅时脸上还经常挂着笑。这些温暖让大舅更快地摆脱了失败的婚姻所留下的阴影，渐渐地酒也喝得少了，偶尔来我家喝酒的时候，也不再重复那句话了。

其实，当初姥姥就不看好大舅的这段婚姻，大舅妈第一次来姥姥家，展现出的矫揉造作，就令姥姥反感，无奈大舅那时已经认定了大舅妈，姥姥也只能作罢。

话说当时两个人虽没有在一起，但在大舅妈对大舅不停地暗送秋波中，血气方刚的大舅还是为之所动的。两个人的关系渐渐升温，越来越暧昧，但却始终保持在朋友的层面上。

也许很多事都有它的定数，逃是逃不掉的。就在这时，大舅妈的父亲突患急病，已被下了病危通知书，大舅妈家人借此缘由通过各种关系，让她提前回城。这个消息来得非常突然，但对于当时下乡的知青来说自然是极大的好事，毕竟很多人都曾想过偷跑回家。对于大舅妈来说终于不用再忍受这种苦日子，虽然这个消息来得不是时候，但她还是愿意马上回城，只是对大舅的不舍，让她也难过了一些时日。这个消息的到来，让大舅最终确定了自己对大舅妈的感情，大舅终于还是爱上了大舅妈。

很多时候，只有在即将失去的那一刻，才知道对方对自己是否重要。

大舅妈离开村子的时候，大舅送她上车，两只握住的手，久久不愿放开。她对大舅说，一定想办法让他早些回城，大舅当时并没有当真，以为这一别，也许再无相见之日。虽说男儿有泪不轻弹，却也红了眼眶。

半年后，大舅果真提前回城了。原来是大舅妈软磨硬泡，家人再次动用很多关系，美其名曰是在帮未来女婿。这样两个人对彼此的思念终于修成正果，也算是皆大欢喜。

世上有很多令人痛苦的事，比如爱而不得，得而不惜，还有一个容易被世人忽视的，就是真正得到后觉得不过如此。

这样想来，突然觉得生活太难了，想太多，想太少，仿佛都不对。在浩瀚的宇宙中我们不过一粒尘埃，如此，不如就洒脱一点好吧！

　　跟着感觉走，

　　紧抓住梦的手，

　　蓝天越来越近越来越温柔，

心情就像风一样自由，

突然发现一个完全不同的我。

每次对人生充满疑问的时候，我就会不自觉地想到这首歌。

老妈常说我就是活得太过洒脱了些，所以成为了不折不扣的剩女，每当这个时刻，我就会很自然地打趣道，剩下的才是精品。

我看到了太多关于婚姻的真相，难道明知山有虎，还偏要向虎山行吗？老妈这个时候一般会保持沉默，也许这让她想到了自己失败的婚姻，我自知自己不是指她和老爸的婚姻，但无一例外，很多人对婚姻缺少坚持。

大舅和大舅妈婚后不久，大舅妈就怀孕了。从怀孕开始，大舅妈便开始嫌弃这嫌弃那，嫌大舅赚钱少，嫌姥姥不够关心她，嫌全家人不拿她当回事。

大舅妈是家里的独女，娇生惯养也是正常，在下乡的时候已然初见端倪，怎奈她当时迷恋大舅，自然是伪装得很好，回城后，一切就大不一样了。大舅在她家也没什么地位，当初能提前回城全托了她家的关系，如今在大舅妈家更是谨言慎行。

这样的日子，大舅和姥姥、姥爷也忍了很久，对大舅妈颐指气使的脾气也是见怪不怪了，想着时间长了、年纪大了也许会好些。生了姐姐后，大舅妈的脾气好了些，虽然偶尔说话还是阴阳怪气的。大舅为了让大舅妈和姐姐过得好一点，起早贪黑地工作，想不到大舅妈却染上了打牌的恶习。她经常忘记给姐姐做饭，去通宵打牌，大舅终于忍耐不住，和她大吵一架，大舅妈自觉理亏，但也就维持了一段时间，便又开始我行我素。从那开始，大舅和大舅妈便有了吵不完的架。

结果是大舅妈有了新欢，两个人终于以离婚收场。

想到大舅常常挂在嘴边的那句"都怪我太傻了"，不免有些心酸，但真爱过的人，又有几个没傻过呢！

初二的上学期，学校组织了很多场与外校的足球比赛和篮球比赛，为了取得最好的成绩，先在学校里组织几轮比赛，优胜者方可代替学校出征。就这样每周各进行足球、篮球两场比赛，三个年级的球队交叉比赛。

这样算下来，如果十分感兴趣的话，一周就可以看到四场比赛。于是很多女同学开始谋划着哪一天要去看哪场比赛，虽然很多人都是醉翁之意不在酒。所以每当有很受欢迎的球队比赛时，操场上就被围得水泄不通，各种欢呼雀跃之声不绝于耳。

因为小学时曾发生的那个事件，我对足球比赛不很感兴趣。篮球略懂一二，也仅限于体育课上老师教过的一些皮毛。

自从学校公布了比赛信息，班里的绝大多数男同学每天中午就很少出现在教室了，大脑袋同桌竟也在备战的行列中。耳边终于清静了，我开心得不能自已，每天都很享受午休时间带来的片刻安宁。

好日子却不长久，班里的女同学开始组织啦啦队，言语间说是要为自己班加油助威，但气氛中，似乎能感觉到明显的指向性，因为很明显有人倾向篮球，有人却更倾向足球，可这种倾向性跟平时的关注点，显然有某种联系。像我这样的人，自然是都不想参加的，无奈最终确定班里所有女生分为两组啦啦队，人不够多，必须二选一，当然如果两边都愿意参加就更好不过，我勉为其难地选择了篮球的啦啦队。

多年后，我一直反问自己，如果不是因为那个意外事件，自己是否会喜欢足球多些？我想我应该会的，但这个世界上是没有如果的，所以我还是喜欢篮球更多些。

也许在我内心深处，更喜欢高大威猛一些的男子，在他们跳跃的那一刻，注定了结果，每一次蓄力后的蓄势待发，每一瞬瞄向篮筐时的专注力，以及尽情挥洒汗水的那种洒脱，都令我向往。

正因为那是我可望而不可即的吧！

那天啦啦队站在场边为篮球队加油，烈日下，场上的队员早已汗流浃背，比赛结束后很多女生都迫不及待地把湿毛巾或是水瓶递了出去。我转身离开了场边，经过足球场的时候，突然被一群女生的尖叫声吸引，我望向足球场。

那里正进行一场友谊赛，最后的几分钟里，有人刚打进一球，反超成功。那个球进得十分精彩，场边的人欢呼不已，叫喊声此起彼伏："李若，李若……"

我看到大脑袋同桌兴奋地奔跑在场上，他叫李若。

VI

强扭的瓜不甜

前三十年，

谨言慎行，

异常辛苦。

后面的日子虽然还长，

但真想由着自己的性子活上那么一段时间，

哪怕最终还是会活成万千重复的模样。

这样想着，

心里竟然都是悸动的。

　　三十岁生日的那天，我许了个愿望，无关他人，也未关乎幸福，它只属于自己那一刻的所思所想。愿望本就难以成真，索性就随着性子去了。

　　前三十年，谨言慎行，异常辛苦。后面的日子虽然还长，但真想由着自己的性子活上那么一段时间，哪怕最终还是会活成万千重复的模样。这样想着，心里竟然都是悸动的。

　　于是，这个生日我没有再买蛋糕，也不想再去插属于这一天的蜡烛。而是，一个人在街上闲逛了一番，完全没有目的，游荡在自己熟悉的城市，或在载满昔日故事的街角驻足，心里想着，如若真的喜欢上了什么就买下来送自己做礼物，想要那种第一眼认定，就立马收入囊中的感觉，而不是瞻前顾后的合适。

　　十几岁的时候，我特别喜欢坐公交车，喜欢坐在窗边的位置，看熟悉的街道在眼前一一划过，就像不停重复放映的电影，场景一模一样，但人物却不停地变换着，那种感觉特别奇妙。偶尔某个画面里的"演员"会有一些不同寻常的表演，我的注意力便会被完全吸引，我会一直扭头看下去，直到他们从这个画面里消失。

爸妈离婚后，我更加喜欢坐公交车，而且是反复坐个不停。我会从这个终点站坐到下个终点站，再重复往返，直到心中的疑问慢慢消解。与以往不同的是，我不再去特别留意窗外的故事，而是会沉浸在自己的世界里，随着窗外不停变换的风景，我的思绪早已飘向了九霄云外。这样做最明显的不同是，我可以明显地感受到时间的流逝。

今天我就是这样，直到天色渐渐暗下来，街边的路灯逐步点亮后，五颜六色的霓虹开始弥漫在车厢中，流淌在晚高峰拥挤的人群中。人与人衣服摩擦的间隙里，反复都透露着一丝甜腻，我怀里抱着刚刚在街上闲逛时买的生日礼物，其实不过是两条羊绒围巾。它的质地软极了，摸上去像掉在了一片云里，我瞬间就折服了，心想就是它了。只是在选择颜色的时候，犯了选择困难症，在素色与花色之间犹豫了很久，最终我买下了两条，心想好在只是一条围巾而已。

天黑透了，我才在家附近的车站下车，慢吞吞地走在昏黄的路灯下，心里也慢悠悠地徘徊着一个疑问：究竟自己更喜欢哪一条围巾？虽然刚刚用生日这个理由搪塞自己，但却莫名地想弄清楚到底更爱哪一条。

车站通往我家小区的是一条径直的小路，因为只有这一条路，路又很窄，早晚高峰时，能看到不少赶路的人，大都是行色匆忙，即便遇到熟人，也只是点点头或是笑一笑，虽熙熙攘攘，但也是最缺少温情的一条路。在这条路上行走了这么多年，从未见过任何让我记忆犹新的故事。

不经意间就已经走到了小区门口，我抬头看向万家灯火，那是比更远处的目光所及的繁星还要璀璨的光。想到老妈一定准备好了几个我最爱吃的菜，在等我回去，冬日里的寒气瞬间消散了许多。

我加快了脚步，一会儿就来到了家楼下那个黑暗的拐角处，这个拐角没有路灯，每次走进这段昏暗的路前，我都会习惯性地环顾一下四周。就在目光游移的片刻，我突然发现前面光区里站着一个熟悉的身影，他正抬头看向楼上，那里恐怕是我家的方向。

我蹑手蹑脚地向光区移动，当我确定那个人正看向我家时，我其实早已认出他是谁。知道答案后的不知所措，让我进退两难，我站在黑暗中，只得这样看着。

我本以为，初二那年的冬日后，他就再也没有来过这里，想到好几次我站在阳台上往下看时，那一闪而过的黑影，原来并不是自己的错觉。

初二上学期，学校组织的那几场与外校的友谊赛，最终取得了不错的成绩，足球比赛更是大获全胜。足球比赛由我们班的球队代替学校出征，篮球是初三年级的一个班为代表，两支球队表现得都非常出色，胜多输少。

我们班的足球队能赢下这么多场，跟李若有着莫大的关系，他一个人几乎撑起全队的气势，总是在危急时刻给队友吃上一颗定心丸，他不在场上的时候，大家就不由得乱了阵脚，所以他几乎是要踢满全场的，除非对手极弱。但跟外校比赛时是不存在的，那些球队都是每个学校选出的优胜者，自然是比较难对付的。

确定我们班的足球队要代表学校出征后，我们班的两支啦啦队就合为了一队。没有人再去组织看篮球比赛了，实在喜欢看篮球比赛的，可以自行约上三五个好友去看。但有我们班足球比赛的时候，啦啦队是必须出现的，这是连班主任都特批的。这曾令我异常烦躁和不安。

李若自然是出尽了风头，学校里不少人都因此认识了他，给他写情书的人已经不局限在我们班上了。最令人厌烦的是，他每每收到情书，都要拿到我面前炫耀一番，末了还问我："你觉得这女生怎么样？"

"我觉得挺好，但我不是你妈，你不用问我。"我有些气愤地说。

"那不对，你是我同桌，我有必要问问你。"他故作严肃地说。

"可我没有义务回答。"我随手翻开一本书，不想继续理他。

"同桌的你就这么冷酷吗？以后你会后悔的。"他貌似认真地盯着我。

我也貌似认真地瞪着他，本想看看他到底要搞什么名堂，可只此一眼我便看出了异样，我分明在他的瞳孔里看到一束光，那光竟来自我的方向。

从那以后，我刻意回避着他的眼睛，也尽量不去搭理他。拒绝了他所有讨论应用题的借口，连他之前借给我的半块橡皮也还给了他，虽然那块橡皮明显小了许多。

李若成为风云人物后，倒是很少再说笑话了，课间休息的时候，难得安静地坐在座位上。无论男女同学都感到很不习惯，有时会有人刻意围在他身边，说上几个笑话，他竟也毫无反应。久而久之大家也感到无趣，就不再烦他。

那天之后，李若收到的情书不再读给我听了。有几次我无意中瞥见他看都没看就直接把情书撕掉了。日子过得安静起来，我却仿佛没那么自在了，当我已经明显感觉到学习的吃力时，他的成绩一次比一次考得好。

有一次月考时，我被一道题难住了，百思不得其解。正当我抓耳挠腮之时，他竟悄悄塞给我一个小纸条。我的汗一下就渗了出来，从小到大没有作过弊的我，感到异常地不安。我没有看那个纸条，却恶狠狠地瞪了他一眼，随手把纸条塞进了衣袋里。

晚自习结束后，李若等在教室的门口，我一出门就被他拦下了。跟我同行的几个女同学见此状况，都嬉笑着走远了。我见他一脸认真的样子，气也消了一大半。

他却突然开口："为什么不看？"他靠墙站着，此时此刻的他已经比我高出太多了。

"不想作弊。"我并没有抬头看他。

"那你一会儿回寝室看看。"说完他就转身走了。

那天就寝后，我躲在被窝里，举着手电筒，把已经被我揉成一团的纸条摊平，那上面除了答案，还有三个字，就是——喜欢你。

不是风动，不是幡动，仁者心动。

那天夜里我做了一个很长的梦，梦中好像哭过，醒来后却怎么都想不起来。秋天很快就过去了，天也渐渐凉下来，这学期我还没有收到常远的信。

李若好像一直在等一个答案，但我却装作好像什么都没发生过一样，书桌上的三八线依旧在，但却不再有人去触碰这条线。

我一直想不通的是，李若为什么会喜欢我？他喜欢我什么？我们明明是死对头，是冤家，我们应该一直这样下去才对，我的人生也曾因为跟他斗智斗勇而生动和火热过，难道……莫非……他是故意捉弄我吧？

就在我自己都不相信李若真的喜欢我时，这件事仿佛很多人都已经知道了。班里几个追求李若无果的女生，看我的眼神中明显充满了敌意。跟我要好的女生也试探性地问我，为什么不喜欢李若。我觉得自己掉进了陷阱里，要爬上去，靠自己的力量恐怕是不够的。

我决定跟李若摊牌，很快就找到了时机。晚自习结束后，我们做完值日，另一个男生去倒垃圾，教室里只剩下我们两个，我抢先说话。

"请你不要再到处乱说。"我站在教室的门口。

"你是喜欢我的，不然你看过字条后就会回复我。"他嘴角有一丝笑。

"我没看字条，字条被我扔了。"慌乱中，我编了一个理由。

李若没有说话，却向门口走来，我竟有些紧张，但表面却故作镇定。他走到我面前，停下脚步，眼睛一直盯着我。我知道，此刻我不能移开眼神，那样我就输了。

"那你听好了，我喜欢你。"他目光坚定，没有一丝迟疑。

那一刻，我终于还是输了，我当时肯定是异常狼狈地收回了眼神，另外还有面红耳赤，慌乱中我刚要说话，李若却抢了先。

"我知道你想说什么，但那不是你真实的想法，我也不在乎你是否喜欢我，因为我是真的喜欢你。"他说完后，就从我眼前划过，走出了教室。

空荡荡的教室里只剩下我一个人，我能感觉到屋顶在旋转，奇怪的是我竟然没有那么讨厌这个人，这才是令我感到难过的地方。

我走到窗前，那天的夜空中没有星星，只有一轮残缺的明月，它那么高，那么远，但却异常明亮。我想它的余晖一定洒进了这扇窗，我的心才渐渐平静下来。

那天之后，仿佛一切都没有发生过的样子，我继续装傻，李若继续拒绝着各种追求他的女同学。午休时间我都尽量待在寝室里看书或是睡觉，也许是为了尽量避免与他碰面，但其实午休时间他都会去操场踢球。有些时候，我看书看累了，望向窗外，总是能看到奔跑在操场上的李若，他就像个机器，永远有无限的力量。场边总是站着几个不同的女生，虽然他从未驻足过，但我怀疑过，这种力量正来自于别人的欣赏。

这难道就是自己不讨厌李若的原因吗？我问过自己很多遍，都没有找到答案。我想可能是因为自己太年轻了吧！可长大后，我却依旧还是搞不清这个问题。

常远一直没有来信，我开始惦记并胡思乱想起来，我想也许他也遇到了同样的难题，所以抽不开身，无法向我倾诉。但我们之间还有什么不能说的呢？我们就像兄妹一样，对，也许我们一直就像兄妹一样，我终于恍然大悟。于是，我拿起笔，准备给他写一封信，信里说说我的烦闷也好，让他帮我拿个主意也好，再或许更多的是想让他知道我的近况。但当我提起笔后，才发现好难写下去，我终究是不善表达的，思来想去，还是放弃了写信，我把这张只有开头的信纸扔进了抽屉。

某天夜里，我从梦中惊醒，醒来后我感到小腹一阵疼痛，以为是自己吃错了东西，拿起手纸奔向了洗手间。

当我看到手纸上那一片殷红色时，我的确吓坏了，差点惊叫出声。第二天，老妈就赶来学校，还带来了卫生巾，并且告诉我这是干什么用的。然后，老妈对我说："恭喜你，你已经是大姑娘了。"说话间突然就把我抱进怀里，原来我在一夜之间就长大了啊！那一刻，我特别想说点什么，可张开的嘴巴在空气中动了动，却没有发出任何声音。

一周后，我又生龙活虎起来，突然觉得一切也都跟着美好起来，我想我会更加努力地学习和生活。李若貌似也感到我的变化，晚自习上他突然问我一道几何题的解法，我也没有继续拒他于千里之外，两个人仿佛又回到了最为正常的关系。这样过了一段时日，我发现李若会时不时地咧着嘴傻乐，在讨论问题的同时，他偶尔会冒出一个精短的笑话，我也并不感到厌烦，我的笑也跟着多了些。

正当一切都恢复了正轨时，班主任突然宣布了一个决定，由于即将升入初三年级，我们要经常考试，老师决定将我们的座位分开，全班都变为每人一桌，拉开彼此之间的距离，并且重新分布了座位。这样一来，我和李若彻底地被拉开了距离。

班主任重新分配座位的用意，除了方便考试，更好地杜绝作弊，其实还有更多的意图。那会儿班里其实已经有好几个在谈恋爱的同学，想必班主任已经察觉到风吹草动，所以重新调配座位后，已然把几对正在谈恋爱的同学，调到了目光所及的最远距离。只是在这次围剿中，同时伤及了无辜，长期压抑的情愫，或许正如潘多拉打开的魔盒一般。

李若对重新调配座位的不满溢于言表，大家都看在眼里。班主任满脸胜利的表情，看起来特别滑稽。我竟也开心不起来，早前是多么希望这个家伙不要出现在我的视线范围内，如今这是怎么了呢?

我现在的座位更靠前一些,而李若的位置更加靠后了,我们的位置几乎在斜对角上。我经常会觉得有人在背后注视着我,而我却不敢回头看,这令我感到坐立难安。前面的同学偶尔会回过头来问我讨论作业,我也会顺便问他些难题,但我却一次都没有跟后面座位上的同学讨论过。

某天起床后天就特别阴沉,教室里点亮了全部的白炽灯,外面刮着的西北风撞得窗户咣咣作响。还没到中午外面就飘起了细细的雪,不仔细看也许会误认为那是雨,但到了中午很多地方已经被蒙上了一层白色的薄纱,你便知道那一定是雪没错了。

这是今冬的第一场雪,午后的雪大了起来,可以清楚地看到一片片的雪绒花漫天飞舞着。教室里人很少,我站在窗边出神地向外望着,甚至想打开窗户,伸出手臂,去触碰一下它。

于是我做了一个决定,麻溜地穿好外套,跑出教学楼,任由着雪慢慢掉落在我的外套上、头发上、面孔上,我伸出手去接住它们,它们却在我的手掌里慢慢融化,变成一点水的模样。

我来到操场边的时候,肩膀和头发上已经落满了雪,这两个地方的雪不是那么容易融化掉的,我为它们片刻的停留雀跃不已。

透过睫毛上细密的晶莹剔透的小水珠,我隐约望见雪地里踢球的人，李若正笑着望向我。

那场雪后，我就感冒了，吃了两天的药也不见好，就自己一个人躺在寝室里看书。寝室窗户朝北，终日不得见阳光，只有在大晴天的下午两三点钟，才会有一束光通过教学楼的窗户折射进来，那是一道特别狭窄的光，不过它正好能投射到上铺我的床边，那是一道七色光，每当这个时候，我都会莫名地开心起来。

听室友说，李若每天徘徊在女生宿舍的大门口，被管理舍务的老师骂了几次，都没记性。后来同寝的女生拿回来一袋子零食给我，说是李若让她转交给我的，里面的确有不少好吃的是我一直想买的。学校食堂里的小卖店卖东西太贵，我一直没舍得买，这下他都帮着搞定了，我爬起来，看着这堆零食，突然觉得自己好笑。

周五的时候，路上的冰还没有化，我担心老爸骑摩托太危险，老妈周末又赶上加班，就打算自己坐公交车回家。在小卖店里给家里打电话的时候，不料被一旁正在买东西的李若听了去。

"我送你回家，你这感冒才刚刚好点。"他认真地说。

"拉倒吧！我可坐不惯你家司机开的车。"我其实是担心更多的风言风语。

"那我陪你坐车。"他边说，边把我羽绒服上的帽子扣到我的头上。

没等我说话，他就跑远了，羽绒服上的帽子太大，害得我没有看到他狡猾的嘴脸。

晚上放学后，我第一个冲出了教室，没想到还是被李若堵了个正着，他为了在学校门口堵我，竟然连最后一节课都没上，并且提前把他家司机打发走了。

冬日里天黑得特别快，我和李若走向车站的时候，路灯在半路突然点亮了，整条街就这样突然亮起来。那一刻，我却感到惆怅，忽然就想起常远每次放学后送我回家的情景。

李若停下脚步，抬头看向路灯，他叫住我。

"我从没留意过它什么时候点亮。"他看着我的眼睛里泛着明亮的光。

我也停下脚步，我在想我们本来就是两个世界的人吧！

"谢谢你！"他突然笑着说，笑起来分明像个孩子。

我看到路灯下李若的影子盖住了自己的影子，那影子是那般高大，我觉得开心起来，我必须开心起来，我低着头笑着，继续向前走着。

我们俩走到车站时，天已经黑透了。街上的霓虹笼罩着赶路的行人，他们脸上斑驳的痕迹甚是好看。五颜六色的光仿佛幻化成面具，试图去遮盖路人的面孔，那些疲惫和神伤，一时间竟也消失了大半。

因为是周末，车站等车的人很多。看得出李若在故作镇静，我想他一定很久都没有坐过公交车了，我有些后悔让他跟了来，我应该在学校大门口就将他甩掉的，但我知道想甩掉他也不是件容易的事。他发现我在看他，竟抬起手在我的头上拍了拍，像是在安慰我的样子。

"你这家伙，别动手动脚的。"我瞪了他一眼。

他没有说话，反倒是朝我笑了笑，我一时语塞，可心里想着，眼前这个人到底是怎么了？当初那个经常因为过三八线，被我怒斥后朝我瞪眼睛，差点儿跟我打一仗的那个人去哪儿了啊？

那个时候我曾觉得，这个问题对我来说太难了，从小到大身边的人都是一如既往地对我好，从没有遇到反差这么大的，所以很多时候，我都在怀疑李若是不是在故意捉弄我。长大后我才明白，这个世界上有无数种形态的好，只要建立在不违背良心、不伤害别人的基础之上，都是可以存在的，也一定有它存在的价值。

我和李若终于挤上了公交车，周末晚高峰时公交车上的人巨多，人挨着人，没有一丝空隙。我试图找到一个合适的位置，可以方便去扶扶手，正在我努力寻觅的时候，李若把胳膊伸了过来.

"你还是扶我吧！我会扶稳的，放心。"他皱着眉头说。

　　我想一定是有人在后面挤他，他担心挤到我，就硬挺着身体，帮我挡住了后面的拥挤，我这里的小空间竟还有一些空余，想到这儿，我很自然地把手扶在了他的胳膊上。不知道是不是因为拥挤的公交车上太过燥热还是怎样，他的脸颊在昏暗的车厢里竟显出些许绯红。

　　那天在公交车上，我并没有感到太多的拥挤，李若一直用身体还有手臂把他们挡在了外面，我跟他之间的距离也还隔着一些空气。偶尔刹车的时候，我能感受到他有意挺住的身体，生怕挤到我，我能明显地感受到他呼出的热气。我抓紧他胳膊的手，不知道什么时候被他握在了手里，就那样紧紧地握了一路。

　　他的手特别温暖，那温度在分开后也留存了许久。

　　下车后，我们一前一后走着，我让他不要再送，他却一定要跟着。那条小路上熙熙攘攘的人依旧，但我却感到自己跟之前不一样了，这种感觉很陌生也很新鲜，是之前从没有过的，这令我感到不安。

　　我知道这个时间老妈还没有下班，而老爸应该早已在家做着晚饭，可我还是觉得哪里不对。小路上的冰比大路化得更慢，我心不在焉的工夫就差点儿滑倒，好在李若一把扶住了我，我又马上回过神儿来。

　　"我就说你自己不行吧。"李若扶着我的肩膀看着我说。

"我没事，你赶快回家吧!"我说着，顺势把他扶在我肩膀上的手拨下去。

"怎么的，你想卸磨杀驴啊?"他有些不高兴，但却突然抓起我的手。

"我必须送到底。"不等我说话，他就拽着我往前走。

我见他气呼呼的样子，觉得好笑，索性就跟着他走了。

走到小区门口，他还不肯放手，我便停下脚步，他站定后，转身看向我。我恐怕会被他眼里的温度灼伤，就去使劲儿地抽出手来，他顺势一拽我，我便跌入了他的怀中，他轻轻抱了我一下，很快就松开了。

"不准骂我，我走了。"他说完，转身走上了小路。

我还没回过神儿来，就那样傻傻地望着他的背影，他却突然转过身，朝我摆手。

"谢谢你。"他的声音从不远处传过来，仿佛带着温度。

我也努力挥了挥手，转身走向小区，就在回过身的瞬间，我看到了一个熟悉的身影，那人正要转身离开。

"常远?"我脱口而出。

常远停下脚步，回过头，双眼凝视着我，眼神里的冷漠，使我不禁打了个寒战，但此刻他没有一丝移开视线的意思。

"你怎么在这儿?"我好像还没有弄清楚状况一样。

"我想你这会儿应该放学了，就想来看看你。"他故作镇定地说。

我认真地打量着他，才一年不见，原来他也长高了好多，相貌也更加英俊了。突然就想起老妈对我说的话，"你已经是大姑娘了"，我犹豫了片刻。

"怎么一直都没有你的信？"我的声音听上去有些支支吾吾的。他也犹豫了一下，转而笑了起来。

"学习太忙了啊！行了，见到你了，我回家了。"他转身走上了小路。

我没有叫住他，他也没有再回头，我站在原地看着他的背影渐渐消失在路的尽头，过了很久，很久。

那天晚上我做了一个梦，哭着醒来，那个梦并不是一个噩梦，也不是一个令人神伤的梦，那是一个很甜蜜的梦，可我没办法让它变为现实。

醒来后，我把抽屉里常远寄给我的所有的信，全部整理好，放进床底下的一个盒子里。那里面还放着童年时我最为喜欢的一个芭比娃娃，那是众多娃娃里我最爱的一个，因为她最好看，我常常舍不得拿出来玩，给她梳头发的时候，都是小心翼翼的。别的娃娃坏的坏，丢的丢，只有这个娃娃一直保存到现在。

我又在抽屉里找出信纸，很认真地写了一封信，将信塞进信封后，终于松了一口气。我卧室的窗户是朝南的，爸妈特意留给我住，我不在家的时候，也收拾得很干净。那一刻的阳光灿烂依旧，我就躲在明媚的阳光里，直到它逃跑后，我依然能感受到阵阵暖意。

周日那天，我很早就赶到了学校，晚自习前，教室里只有两个坐在前排的同学，我悄悄地走到李若的书桌旁，把写好的信塞进了他的书桌里。我回到座位后，没过多久，大家就陆陆续续地走进了教室。

李若是在快上晚自习的时候，匆忙进来的，他没有立刻去自己的座位，而是走到了我的座位旁，放下一盒牛奶后，笑着离开了。很多人都注意到了他的行为，我感到难过，不敢抬头去看他，也不想理会别人的目光。

信里，我给李若讲了一个故事，是一对情同兄妹的小男孩儿和小女孩儿的故事，小男孩儿长大后有了自己的感情，女孩儿感到很失落。后来出现了一个男孩儿对她特别关心，她误认为自己喜欢他，但其实并没有喜欢过他。信的最后，我对他说希望我们可以把全部精力放在学习上，马上考试了，希望他可以取得很好的成绩。

就这样，我终于跟李若划清了界限。现在想想，那会儿的行为算得上残忍，我本可以用委婉的方式劝说他的。年轻的时候很多事都可以那么纯粹，长大后想纯粹一点却那么难。我这样叹息着，但其实，我一直都还记得有这样一个人，曾经存在于我的生命中，虽然只是短暂的温暖。

半个月后的期中考试，李若的成绩特别差，我看到成绩单的时候，难过了很久，甚至责怪过自己，但我也的确无能为力，有些事是不能强求的，他只能靠自己慢慢学会放下。我又何尝不是如此呢？一直都没有再收到常远的来信，寒假的时候也没有他的消息，这个人仿佛消失在我的生命里一般，而我，也已经慢慢习惯了没有他存在的日子。

开学后，又听到了一个令人难过的消息：李若转学了。老师宣布的时候，很多同学在下面窃窃私语，我的心突然疼得厉害，要不是老师马上话锋一转，说起了别的话题，我恐怕自己是会忍不住要流眼泪的。

很多时候，我们并不知道，一个人对我们来说意味着什么，只有真正失去的时候才懂。年轻的时候，我们通过不断的试错，来避免长大后的错，有记性的人会随着年龄的递增而越错越少，只有少部分的人会一错再错，当然还有一部分明知故犯，属于活该的范畴。

这一年注定是多事之秋，我家里又有人离婚了，是我的二叔和二婶。这一对儿其实是最令全家人感到情理之中的，因为他们的婚姻早在多年以前就形同虚设。但也是最意料之外的，因为这么多年过去了，两个人几乎各过各的，互不影响，大家都遗忘了，没想到还会有这么一出戏。

说起我这个二婶，有不少故事，对于我这样相对简单的人来说，可以称得上传奇，但我实在难以找到合适的褒义词来形容，所以就不多做形容了。

二叔和二婶结婚时，我还没上小学，那会儿去参加婚礼，我感觉二婶是我见过的穿起"窗帘"最别扭的一个女人，现在想想，可能是因为她比较胖的缘故。我感觉一个庞大的物体在我眼前晃来晃去，像是随时会将我吞没，完全没有一丝美感可言。后来听说结婚时二婶已经怀孕四五个月了，那会儿就很想知道如果没有肚子里的孩子，二叔还会不会跟她结婚。

又过了几个月，二婶生下了一个女孩儿，虽说母女平安，但这个孩子，我爷爷奶奶都不太喜欢，就像不太喜欢二婶一样。这个女孩儿长得有些黑，而我们家人都挺白净的，二婶也不是那么黑，搞不清她到底像谁。最重要的是，我爸爸那个辈分的人都有酒窝，我们这辈分的孩子也就人人都有，全家就只有二婶生的这个女孩儿没有酒窝。因为这个，爷爷还特意问了医生，医生说这是很正常的现象，孩子遗传的隐性基因，随妈妈也都是很可能的。

二婶对这些问题倒是不以为意，只是生完孩子后，她更胖了。我见过她几次，她每次见我都不停地说话，仿佛有说不完的话，但其实内容都跟我关系不大，也许这就是大家都不太喜欢她的原因吧！但每次去二叔家玩，她都会做炸鱼给我吃，她炸的鱼真的非常好吃，外酥里嫩，比我吃过的所有炸鱼都好吃。我一度因为炸鱼开始喜欢她了，她尽管说她的，而我只管吃我的炸鱼，末了她说的话，我一句都没记住。

我最后一次吃二婶做的炸鱼是在盛夏的某一天，我端坐在桌旁，正午的阳光直射到窗边的桌子上，桌上的亮油好像要被烤化了一般，摸上去黏黏的，有的地方看上去还亮亮的，透露出里面一丝木头的纹理，有点像琥珀的模样。我正琢磨着，二婶就把一大盆炸鱼放到了桌上，香气扑鼻。看着金黄色的炸鱼在阳光下闪闪发光，我竟然开始浮想联翩，我在想这些鱼如果知道会被吃，会不会就不做鱼了。

我想我应该是热糊涂了，我不再去想鱼的命。不一会儿，我就吃掉了几条鱼，汗顺着我的脖子流下来，二婶给我拿了条湿毛巾擦汗，我顾不上那么多，又吃了几条鱼。"实在是太好吃了。"我对二婶说。她看上去有些惆怅，我突然发现今天她的话好像少了很多。她的额头上挂满了汗，阳光下闪闪发亮，我把湿毛巾又递给了她，她接过毛巾擦汗的时候，终于说了一句话：

"梦也该醒了，有的人啊，出生在河边，有的人被闪电击中，有的人只会做梦。"

很多年后，我也没能理解这句话的意思，我想大概是鱼有鱼的命，人有人的命吧！重要的是凡事不能强求。

从那之后，二婶就带着孩子离开了，听说是去了韩国生活。二叔曾提出离婚，但二婶一直不同意。两个人联系很少，二婶也从不要抚养费，二叔一个人独居，跟单身没什么分别，久而久之大家也都适应了这种日子。

二叔在这些年里，也谈过几个女朋友，但都无疾而终。就像那会儿并不知道二婶为什么突然离开了一样。

我曾问过爸妈，他们却说，小孩子别问那么多。无奈，我只能拿炸鱼做借口，其实也搞不清到底是不是因为炸鱼的关系。

后来，爸妈给我做了几次炸鱼，都不及二婶做得好吃。其实，炸鱼也是有灵魂的，那就是要做成金黄色。

长大后我终于知道了二叔和二婶的全部故事，当然是在我死缠烂打之下，老妈才肯全部讲给我听。我想肯定还有些老妈不知道的细枝末节，我一般都自行脑补一下，实在想不通为什么，就吃上几条炸鱼，就这样，鱼的命和我的命完美地交织在一起了。

二婶其实是二叔初恋女友的发小兼闺蜜，二叔的初恋女友从小学习舞蹈，舞跳得好，人长得更是好看，跟她比起来二婶就再普通不过了。

二叔年轻时也算得上仪表堂堂，白皙的皮肤，透着棱角分明的冷峻，眼神深邃，笑起来两道浓眉之间会泛起柔柔的涟漪。喜欢他的女人自然不少，但他却只钟情于初恋女友一人。按照现在的话说，就是特别专一，是少有的好男人。

后来女友考上舞蹈学院，但因为家里经济条件一般，担心无法支付每年的学费。二叔让女友不要担心，先去上学，后面的学费他会想办法。二叔帮女友交了后两年的学费，因此二叔辍学了。他去打工赚钱，供女友上学。听着都觉得狗血的故事，原来是真实存在的。当时二叔跟初恋女友如胶似漆，两个人从来没有吵过架，家人也都开始认同这段关系，本来打算在初恋女友完成学业后，两个人就登记结婚的。

然而命运总是喜欢开玩笑，就在最后一个学期即将结束时，一个国外知名的舞蹈团来中国挑选舞蹈演员，当时全国只有两个名额，而报名的人又非常之多，所以希望特别渺茫。女友问二叔自己要不要报名，二叔想都没想，就鼓励她报名，可让人更想不到的是，女友竟然被选上了。

当时女友拿着录取通知书，来找二叔。她把录取通知书交给二叔，她对二叔说，让二叔决定，如果二叔不想让她去，就撕了通知书，说完转身离开了。

我想那些天一定是二叔最难过的日子吧！但其实最难过的日

子是做了决定之后的那些日子。二叔并没有撕掉录取通知书，他把录取通知书寄给了初恋女友，并且还写了一封信。

信里，二叔说，觉得自己不能耽误她的前途，虽然自己很爱她，但爱就是成全。二叔希望她过自己最喜欢的生活。

我常在想，其实二叔是聪明的，他知道女友是想去的，她想去的心大过了爱他。如果她爱二叔多过想去，她又怎能让二叔做决定，她应该只是觉得亏欠二叔而已。而二叔却是真的爱她，假如换作是我，我也会做出相同的选择，这才是真的爱一个人吧！

初恋女友出国后，是二叔度过的最黑暗的一段日子，二叔一度萎靡不振，很多时候要靠药物助眠，经常酗酒，喝到不省人事，家人们也想不出什么办法，只能等着时间慢慢去磨平一切。就在这时，二婶出现了，因为初恋女友的关系，二叔和二婶之前就有过一些交往，但只存在于普通朋友的层面。她其实非常欣赏二叔，她知道二叔为初恋女友做的一切，不知道何时已经默默喜欢上了二叔。当她知道二叔的初恋女友出国后，她就开始关心和照顾起二叔。

在那段日子里，如果没有二婶，二叔也许不会那么快从泥沼中爬出来，但二叔自认为并没有喜欢过二婶，只是在享受着她无微不至的照顾，可能在那个时刻，他太需要了，她就像一根救命稻草。

二叔深知自己不可能爱上她，所以即便她怎么对他好，二叔都跟她保持着一段距离，就是男女之间才有的那段距离。那会儿她每天都会给二叔送饭，都是些自己亲手做的食物，经常会陪二叔聊上几句。二婶话多，东扯西扯的，二叔不用去专注地听，但听她唠叨的时候，仿佛能暂时从悲伤中逃离出来，所以也乐此不疲。

盛夏的某天，二婶照常给二叔送饭，刚进门没多久，外面就开始下起了雨，夏日的雨来得急和猛，她自然留下来陪二叔说话。二叔打开饭盒，里面装的是几条炸鱼，鱼炸成金黄色，整齐地码放在饭盒里。二叔拎出了几瓶啤酒，对她说："咱俩喝点吧！"

那一夜，二婶没有走，两个人的关系终于有了质的飞跃，可她想要的远不止这些。她觉得也许二叔会对她日久生情，最终娶她为妻。

二叔却在那一夜后，懊悔不已，所以从那之后，二叔变得清醒了许多，他知道一切都过去了，他不能因为过去的事情，而放弃现在的美好。二叔的生活慢慢正常了起来，也不太需要二婶的陪伴了，所以从那一次之后，两个人之间再也没发生过任何越轨的事情。

令人意想不到的事再一次上演了，二婶亲手拿着化验单，来找二叔。她把化验单交给二叔，对二叔说："我怀孕了，是你的，已经四个月了。"说完转身离开了。

二叔又一次陷入了悲惨人生的漩涡中，因为二婶不肯打掉孩子，坚持要生下这个孩子。况且孩子已经这么大了，做手术是对女人有伤害的。二叔明白这是她的阴谋，但却为时已晚，他必须再一次在小人和君子之间做出选择。

二婶终于如愿以偿嫁给了二叔，我愿意相信她深爱着二叔，但她不明白什么才是真正的爱。所以她让自己和她爱的人很辛苦，导致了后面更多的悲剧。

就在家人们都不太看好这段婚姻的时候，二婶倒是把小日子过得红红火火的。她做饭好吃，会疼人。想到中国的婚姻中到底没多少是因为爱情，二叔也算是认命了。可万万没想到的是，就在孩子出生后的第三年的一天夜里，孩子突然发起了高烧，吃了药也一直不见退烧，第二天只好去医院做检查，检查过后，孩子倒是没有大碍，可一个惊人的谎言终于露馅了，原来这孩子并不是二叔的。

事情就这样水落石出了，二婶当时为了能跟二叔在一起，故意跟别人怀了孩子，再嫁祸到二叔身上，她太了解二叔了，她知道二叔一定不会眼睁睁地看着她把孩子生出来。二叔知道真相后马上提出了离婚，但二婶死活不同意，后来就带着孩子消失了。

一年后二叔接到了二婶的电话，那会儿她已经带着孩子去了韩国。二叔再次提出了离婚，她便在电话里哭了出来，她说自己对不起二叔，可自己是真的爱着二叔。二叔便又心软了，电话里沉默了许久后，二叔缓缓地对二婶说："那你什么时候想离婚了，就告诉我。"

这一等就是这么多年，二婶终于肯放下执念，放过自己也放过别人。

二婶回国离婚的时候，正好是在我暑假的时候，我还见过她一次。她瘦了很多很多，鼻子高了，眼睛大了，下巴也尖了，看来韩国的整形技术果然是极好的。由此可见，女人的关注点不应该全部放在别的地方，还是应该多放些在自己身上。

她看着我说："这孩子都长这么大了，长得可真好看啊！"

我问她，为什么她做的炸鱼那么好吃，有什么秘方吗？

她迟疑了一下，笑着对我说："用心炸的鱼都不会难吃。"

我终于明白了，原来那金灿灿的颜色是爱的颜色。

VII

碎了一地的爱

此刻，没有人说话，

只看到星星点点的火光在每个人的嘴边跳动。

那味道仿佛跟第一次不一样了，

它穿透心肺，

直抵全身，

我想起我爸阳台上的身影，

吞云吐雾间仿佛理解了很多东西的湮灭。

后来，我们把即将燃尽的香烟扔进了大水坑里。

然后我们爬上了旁边的一堵矮墙，

说是矮墙，却也比我们几个都高得多……

忘了从什么时候开始，我的生日愿望里，没有了常远这个名字。然而在我三十岁生日的这一天，就是此时此刻，常远正站在我的眼前。

昏暗的拐角处一直没有人经过，我正站在那里，不知是否该走近一些，甚至想过掉头离开，但我却像是被钉在了地上一样，动弹不得。我正看着常远的背影，反复纠结着，这时他却突然转身，在转身的同时他发现了站在暗处的我，我也发现了他难以掩饰的慌乱。四目相对时，我反而变得淡定了一些。

我走向站在光区里的他，那里正上方有盏路灯，是走过拐角处最亮的一个地方，虽然灯光昏黄，但足以照亮夜晚的黑暗。

"上楼吃个饭吧！"我脱口而出。

常远没有马上作答，我非常识趣地捕捉到他一闪而逝的犹豫神色。

"不方便就算了，我妈话多，也挺烦的。"我故作轻松地笑着。

"没有不方便，只是怕打扰到你。"常远语气低沉。

"随你吧！我妈做好饭等我呢！我上去了。"我走过常远身边的时候，瞪了他一眼，没一会儿，我便听到后面的脚步声，他还是跟了过来。

我家住在最高一层，每次夜里回家，我妈都嘱咐我小心一点。九十年代那会儿，有一阵子"刨根帮"猖獗，也许是逐渐衰落的东北经济为它提供了些许土壤，当时他们频繁作案，引起了人们极大的恐慌。那会儿我上楼，都是一口气跑到六楼，一边敲门一边回头看。以至于后面很长一段时间里，很多人还是小心谨慎。一个人走夜路的时候，我都小心翼翼跟在陌生人身后，还要时不时地往后瞅瞅。这会儿，后面尾随着一个人，倒是心安了很多。

话说这种近乎完美的犯罪形式，如果是孤案，是很难侦破的。但可惜，犯罪形式是完美的，人却不是，因为很少有人会及时收手。人的贪婪，永远都是理性最大的敌人。一锤子下去，到底会有怎样的收获，在锤子下去之前，是个秘密，可能满载而归，也可能空欢喜一场。这种对未知结果的期待和担心，这种新鲜的刺激是会上瘾的，跟生活中某些事情一样。

　　房门打开的一瞬间，我妈也吓了一跳，她知道常远结婚后，就没再出现过，但她也很默契地不再提起。如今看到常远就站在我的身后，我妈有些诧异，但很快就恢复了常态。想必像她这把年纪的人已经看得太多了，也就见怪不怪了吧！我一开始还担心在饭桌上我妈会问一些尴尬的问题，现在觉得也是多虑了。我妈只是在吃过饭后念叨了几句，她认真地对我说："过生日还是要买生日蛋糕吃的啊！不然怎么都不像个生日，明年一定要买，不能听你的。"她说话时的神情像极了孩子，突然觉得她很可爱。我忽然就想起了那两条羊绒围巾，我从纸袋里拿出了两条羊绒围巾，比画在胸前。

　　"哪条更好看一些？"我认真地看着他们两个。

　　"花的好看，冬天就得带点颜色。"我妈认真地回复着。

　　常远则不说话，只在一旁微笑，他用手指了指花色的围巾后，笑得更厉害了。

　　我扔下素色的那条，拿着花色的围巾，走到我妈身旁，一下子围在了她的脖子上，她被我突如其来的举动吓了一跳。

　　"送你。"我说完也笑了起来。

　　"又瞎花钱，我那么多围巾呢！你买它干吗！"我妈笑得合不拢嘴。

"这是羊绒围巾，特别暖和。"我捡起那条素色的围巾，将它围在脖子上。

我本想着送常远下楼，结果被他拦在了门口，他担心我自己上楼不安全。我就送他到门外，轻轻地掩上了门。

"你没什么事吧?"不知道为什么，我总觉得他有些难过。

"没事，就是路过这里。"他低头看着我家门口脏兮兮的地垫。

"刘琪也挺好的?"此刻的我，比我妈还要八卦。

"她怀孕了。"常远低声说，这声音里没有喜悦却也没有别的，好像什么都没有。

我的心一沉，但还是为他高兴着。只是一时间竟不知道再说什么，空气仿佛凝固了一般。

"孩子不是我的。"常远打破了沉默，声音更加低沉。

我瞬间瞪大了双眼，更加组织不好语言，觉得此刻说什么都不太合适。我想起自己每次劝慰被渣男抛弃后的闺蜜时，都会拍拍她们的肩膀。而此刻，也许常远需要的是一个有力的拥抱，可我却无能为力。我想象不到他们之间到底发生了什么，更不敢相信他能如此平静地叙述着这样的事实，他看上去很淡定。

"不说了，改天吧!"常远转身下楼，就这样消失在昏暗的楼道中。

我在阳台上向下望，不一会儿就等到他的身影，他在走进拐角处之前，在那盏路灯的光区中停住脚步后，向上望着。我用力地摆了摆手，他便转身走进那个黑暗的拐角处。我突然记起，之前好几次在我无聊时向下望的时候，总觉得有个黑影闪进那个拐角处，现在想想也许当时不是我眼花了，但我并没有去向常远求证过。

我独自在阳台上站着，那条围巾真的暖和，偶尔冷风吹过，我竟没察觉一丝寒冷，被它紧紧包裹住的脸颊仿佛被捧在温热的手掌里一样。有时候我们的快乐可以很简单，可悲伤也是一样。我望着漆黑的夜空，今天那里没有一颗星星，我想它们也会因为偶尔的悲伤而逃掉吧！但月亮却不会，无论怎样的悲欢离合，它都一直挂在那里，周而复始的阴晴圆缺让它渐渐习惯了失去和得到，除了陪伴，一切都变得没那么重要了。

不知何时，我妈也走进了阳台，她把一件羽绒服披在我的身上。我才意识到自己已经在阳台上站了很久，突然惊叹于我竟会因为一个地方的温暖，忘记了其他地方的寒冷。这围巾真的太暖了，我后悔没有早买它回来。

"常远这孩子从小就心事重。"我妈叹了口气。

我扭头看了看我妈，她脖子上围着那条花围巾，那花色真的特别好看，虽艳丽却不俗气，这也是它打动我的原因，要知道我一向不喜欢花花绿绿的东西。

"活着就得想开点，很多事不能太较真儿。"我妈又叹了口气。

我妈从未干涉过我的私生活，也许是因为她失败的婚姻，也许是因为对女儿的信任，她从未像其他母亲那样，逼着相亲，逼着结婚。我一个人久了，也乐在其中。但我知道她还是希望我能找到幸福的，我能感受到一个母亲对孩子最大的期盼，但我却一直没为她的期盼努力过。

那天晚上，我睡得很晚，心里好像有一条小河在潺潺流淌。

我从床底下拿出那个装有芭比娃娃的盒子，我把常远寄给我的信拿了出来，最后一封信是我在初三开学时收到的，在这之前，我曾觉得不会再收到他的信了，但这也是他寄给我的最后一封信。

熬过了异常艰难的初二下学期，我为自己即将要迎来黎明前的曙光，而感到兴奋。只要一想到再熬上一年就可以从这个小牢笼里挣脱出去，便开心不已。

初三年级开始，班里的气氛明显跟之前不一样了。很多同学晚自习以后还在教室里看书，之前在谈恋爱的同学也都没那么明目张胆了。随着考试频率不断地增加，每个人脸上的笑容也越来越少了，取而代之的是紧张感，班主任老师说起话来都是一套一套的大道理，涉及人生普及将来，仿佛大难即将临头，只有靠孜孜不倦的学习，才能度过这场劫难。在这种氛围中度过了整整一年，挺过去之后才发现，我人生真正的劫难早已开始，只是自己忽略了而已。

初三开学没几天，我就收到了常远的来信。很久没收到信，已经不再去关注收发室里有没有属于自己的信件，每次路过却也还是忍不住放慢脚步。今天刚从食堂走出来，就听到班里的同学在叫我，我回过头，发现她正站在收发室的门外朝我招手，我立刻心领神会。

我拿到常远的这封信时，却有些胆怯，猜不到里面会写些什么，从前的喜悦所剩无几，甚至担心立刻看信，会影响下午的考试。最后我把信收进了书桌里，心里想着还是先把考试应付过去再说。

晚自习后，我带着信回到了寝室，准备就寝后躲在被窝里看信，我知道常远一定有什么事要跟我说，不然以他的性子肯定不会再给我写信了。多年后我才知道，我对他自以为是的了解，很幼稚，很多人都不会把真正的自己暴露在别人面前，尤其是在自己最为在意的人面前，因为要在乎的太多，自然就担心得更多。

此刻寝室里飘着几种方便面混合在一起的味道，我闻着想吐，搞不懂室友为什么都那么热衷于在晚自习结束后吃上一碗泡面，而且很显然她们的口味也不尽相同，我庆幸方便面的种类目前还没有那么多。其中一个室友，吃泡面的功夫更是一绝，她吃泡面从不用碗，撕开泡面袋，撒上调料包，直接往里面倒开水，以袋为碗，先干为敬。冬天还好忍受，夏天每次看到她们汗流浃背地吸溜着泡面，我都莫名想笑。还有一个室友，她高度近视，每次吃泡面的时候，她都不肯摘下眼镜，就隔着雾气一通乱吃。初三年级开始，晚自习结束后吃泡面的人越来越多，以前不吃的开始偶尔吃，以前偶尔吃的变成了经常吃，以前经常吃的变成了顿顿不落。这使我变成了其中的奇葩，因为到目前为止只有我一个人不吃泡面。这会儿我就有点忍不住想笑，我随便啃了几块饼干后，连忙跑去水房洗漱。等我洗漱回来，她们基本都吃完了，房间里只剩下一些残存的怪味。

　　偶尔会去想，自己这三年到底是怎么过来的。后来很多事情证明了，我就不该去私立中学读书，虽为时已晚，但时常感慨。人就是这么一种生物，特别喜爱缅怀过去，尤其是令人感到迷惘的过去，更甚。

　　就寝后，我躲在被窝里，抱着手电筒，拆开常远寄来的信，里面只有一张信纸，失去了以往的厚度，这个是我在拿到信的时候，就已经感受到的。常远写得一手力透纸背的好字，小学的时候就令我羡慕，现在看上去更加精进了些，只可惜这次的文字好像失去了昔日的温度，或者只是我心理在作祟而已。

信中常远说很久没有我的消息，有些惦念，但无奈学业繁重，疏于联络。其实我知道，并不是这样的，一个人不管有多忙，都不会没有时间联络。后面他告诉我，他已经转到大连的一所中学读书，是一所重点中学，比之前的学校好太多，他老爸托了不少关系，费尽周折，所以更要努力学习，去考重点高中。他顺便也鼓励我，让我努力去考重点高中，将来也许可以去读同一所大学。我想这才是整封信的重点，原来他已经不在这座城市了，难怪我最近很少梦到他了，我苦笑了一下，却也觉得这样很好，我此刻也是不想见他的。信的最后，他留了新的地址给我，还有一个电话号码，说是他家里的电话，可以随时找到他。

我把信又装回信封里，关了手电筒，翻来覆去地怎么都睡不着，我瞪着天花板，却什么也看不见，只有窗外无意洒进来的些许月光和屋里还未散尽的一丝泡面味陪伴着我。那天夜里我没有做梦，也或许是我根本忘记了做过的梦。因为没睡好，第二天起来头昏目眩，整个上午都在打瞌睡。我恐怕自己会明目张胆地睡在课堂上，于是狠狠地掐了自己几把，想到这应该也算是努力学习的范畴，我就更困了。我想我一定不会和常远上同一所大学的，我没那个命，他也没有。

终于挺到了午休，毅然放弃了食堂里的美味，回到寝室一头倒在床上，那一觉睡得真香，屋里没有泡面味，我感觉舒服多了。要不是中途两个室友回来叽叽喳喳地聊天，我肯定会睡过头，正在进行的美梦也因此被打断了。梦中，寝室里大家正甩开膀子吃泡面，舍务主任突然出现，宣布以后谁都不准在寝室里吃泡面，违者罚款，我开心地在一旁偷笑。

迷迷糊糊中，却听到两个室友在聊有关泡面的话题。

"你见过她吃泡面吗？"其中一个室友说。

"好像还真没见过，经常看她吃饼干。"另一个答道。

"两年多了，我是一次都没见过。"语气中带着一丝诧异。

"可能她不喜欢？"这是一个疑问。

"怎么可能有人不喜欢吃泡面，没准儿是吃不起吧！"语气中带着明显的嘲讽。

"不能吧！我看她穿的衣服都挺好看的。"对方感到更加诧异。"这你就不懂了吧！我跟你说……"两个人边说着话，边拎着暖瓶走出了寝室。

我彻底清醒了，起初我以为我还在梦里，后来使劲儿掐了自己大腿一把，才知道这不是梦，她们居然没发现睡在上铺的我。真后悔刚刚没马上爬起来，可我到底还是没有爬起来。我非常生气，可我不知道我到底为什么生这么大气，我不爱吃泡面这有什么不正常的，我家虽不是什么大富大贵，但也不至于连个泡面都吃不起吧！那个年代能自费上中学的，家里条件都还算不错，我知道自己在班里算不上家庭条件最好的，但该花的钱父母从来没亏着我，我见父母辛苦，花钱的确节省了一些，这难道是坏事吗？

人类永远没有真正的感同身受，他不是你，你也不可能成为他。世上最复杂的就是人类的情绪，你可能会因为一个最细枝末节的情绪触角，而做出一个决定，无关对错，但却要为这个决定付出代价，至于好坏，要看运气。

后来，我拿着常远寄给我的信回到了教室，我用透明胶布把信重新封好，把它放进书包里，周末它跟着我一起回了家。不知道为什么，当我知道常远和我的距离更远了以后，反而心安了很多。我没有回信，这也是他寄给我的最后一封信，我将它和之前那些信放在了一起，尘封在床底下的盒子里。

如果不是后来去参加了那次小学同学聚会，我和常远也许会就此失联。但我始终相信，如果一个人真的想找到另一个人的话，是怎样都会找到的。

那天我才知道，常远后来考上了沈阳的一所重点高中，他爸也被调回了沈阳工作。而我真的没考上重点高中，只是上了一所很普通的高中。

生日之后一直没有常远的消息，我开始担心起来，想给他打个电话，又觉得不妥，反复纠结中，时间一下子就溜走了。春天就这么来了，我把羊绒围巾洗干净后，收进一个袋子里。

最近几日一直心神不宁，身边至亲的人没有几个，让我真正挂念的人也不多，想来想去还是决定去看看我爸。出发前，我在超市买了些吃的，尽量挑一些有礼盒的包装，看上去像那么回事，最后又买了两条烟，心里想着不知道他现在抽得少了些，还是多了些。记得在我小时候，他烟瘾犯了，一般都会去阳台上抽。有时候我就躲在阳台门的里面，突然去敲一下阳台门上的玻璃，吓他一跳，烟灰瞬间掉了一手，这个时候，他也不会生气，反倒是对着我笑笑。我长大一些后，他很少去阳台抽烟了，偶尔的几次，我看他眉头紧锁，仿佛在思索着一些让他极为困惑的事情。那个时候，我只能默默站在远处看着，我曾以为他的肩膀能扛住所有。

我爸和我妈离婚后，我一度萎靡不振，学业也跟着荒废了不少，那个时候特别不能理解他们最终的决定，其实现在也不能全部理解，只是慢慢学会接受罢了。在这之前我曾有五年没有见过我爸，曾经觉得这辈子都不会再见到他了，如今也妥协了。我想这并不是因为我妈那句"没有他也不会有你"，而是在我心底深处，他从来就没有消失过。

我这样想着，出租车就已经停靠在路边，我付过钱后，拎着刚买的东西，走向一栋低矮的老式小楼。初春的风大，肆意地吹卷着地上的尘土，里面还带着丝丝的寒意，这风好似围着人转，头发被吹得乱糟糟的，我忙着拂去眼前的头发，再抬头时，我爸竟已站在我的面前，他接过我手中的东西，嘴里却一直念叨："来就来，买这么多东西干吗？"他转身向楼门走去。

我没有说话，跟在他的身后，心里想着一年也来不了几次，总不能空手而来吧！

这种楼的楼道里没有窗户，所以即便在白天也很昏暗，我小心翼翼地盯着台阶，一刻也不敢放松。我爸和我妈离婚后净身出户，我妈带着我生活，不知何时他搬进这里生活，想到这儿竟有些心酸。

我跟随我爸进入了房间，房间里的窗户朝南，阳光洒在窗边的床上，这是我对这个房子不算厌恶的原因之一。他把屋子里收拾得很干净，几乎一尘不染，好像每个东西都有属于自己的位置，一切都井然有序。这点我随了他，我从小就爱干净，初中住校时，我的床是所有寝室里最为干净整洁的，经常被舍务老师点名夸奖。

"你想喝点啥？我这儿有可乐。"他正站在冰箱旁看着我。

"我现在很少喝碳酸饮料，喝水就行。"我笑了笑。

看得出他有一丝失落的表情，可能是因为小时候我太喜欢喝可乐了。

"你也少喝点可乐，对身体不好，我给你拿了些茶叶过来。"我补充道。

我爸关上冰箱门，倒了杯开水放到我面前的桌子上，杯中徐徐上升的热气在阳光下如雾似烟。这杯水虽简单，却最难琢磨，平平淡淡却又必不可少，就如同人们所谓的幸福一样。

我确定我爸无恙，便匆匆离开了。不知怎的，这些年不见，虽心里想念，可每次见面后那种热烈的思念就会被严严实实地罩住，那里面密不透风，压得人喘不过气，很想快些逃离出去。看来有些事终究是过不去的。或许是时间还不够久，或者等我有了自己的孩子，也许才能真正了解为人父母所感受到的一切，也说不定。这么想着，我突然觉得自己有些可笑，一个连一场真正的恋爱都没谈过的人，居然还想着会有自己的孩子？我想可能这辈子都不会有孩子了吧！

我又想起刘琪肚子里的孩子，他到底是谁的孩子呢？他们之间到底发生了什么？常远从小就不会开玩笑，更何况这种事情，我觉得常远一定努力承受着什么，但我不知道这到底是为了什么。我猜想，他一直不与我联系，也许就是不想让我知道得太多，索性不去想了，船到桥头自然直，一切都会过去。

我的心却越来越不安，总觉得会发生什么。夜里经常会做一些奇奇怪怪的梦，有时会在梦中惊醒，本已戒掉的烟，最近又开始抽了起来，我真正学会抽烟就是在爸妈离婚之后的那段日子里。

记忆中那是一个风和日丽的下午，我坐在一个要好的女同学的自行车后座上，她车骑得飞快，偶尔在蹬车的时候，屁股还会离开座位，我曾非常担心我会被她甩下车去，但每次都有惊无险。一起同行的还有几个她认识的朋友，一共五台自行车，八个人。我们骑到了一个水库附近，那里有一汪儿死水，不过看上去却很清澈，虽不见底，却也算得上干净。我们在大水坑边上坐下，女同学从包里掏出一包香烟，她站在我们几个人面前，问我们抽不抽烟。这是我人生中第二次抽烟，其实第一次真算不上抽烟，因为当时我不懂什么是抽烟，更不知道为什么要抽烟，我现在才明白姐姐当时为什么抽烟。我隐约记得那个味道是我所不喜欢的，我有些犹豫，但我发现，此刻在场的每个人手里都拿着一根烟，这个情景好熟悉。

是的，就是那个中午，我在寝室听到室友的对话之后。周末我回到家里，放下书包，第一句话就是：我要吃三鲜伊面。爸妈看我的眼神儿有些奇怪，但还是及时满足了我的需求。我爸给我买了一箱三鲜伊面，让我放在学校慢慢吃，言语间有一些愧疚之意，说是之前疏忽了我的营养问题。我心里想着，这跟营养没有半毛钱关系，同时为自己的心思感到羞耻，却唯独没有察觉到我爸的愧疚不是来自于这箱泡面。那时候真是傻啊！我的注意力竟被一箱泡面转移了，这是我人生中的耻辱。周日我携着一箱泡面返校，把它扔在我寝室的柜子上，室友顿时对我刮目相看，我刻意留意了一下背地里嚼舌头的那二位，我发现她们不太敢看我，心中暗自叫爽。可我终究是不喜欢吃泡面的，于是晚自习下课后，我都是就合着满屋子的泡面味干嚼一包三鲜伊面，我发现干吃更容易让我接受一点，吃了几天后，却也腻了。我对那二位说："你们谁想吃，可以从我这儿拿。"她俩面面相觑后，满脸堆笑，我以为我的目的达到了，但其实是她们的目的达到了，我真傻。

但这次，我还是接过一根香烟，我们依次将烟点燃后，都坐回到大水坑的边上。此刻，没有人说话，只看到星星点点的火光在每个人的嘴边跳动。那味道仿佛跟第一次不一样了，它穿透心肺，直抵全身，我想起我爸阳台上的身影，吞云吐雾间仿佛理解了很多东西的湮灭。后来，我们把即将燃尽的香烟扔进了大水坑里。然后我们爬上了旁边的一堵矮墙，说是矮墙，却也比我们几个都高得多，墙的宽度人类可以正常通行，只是偶尔会有树枝遮挡，我们就小心翼翼地穿越过去。

这墙是围绕着大水坑建的，我们一直走到了天黑，才走回我们停自行车的地方，每个人都感到疲惫不堪。我们没想到这个水坑这么大，墙这么难爬，很多人中途都为做出这个爬墙的决定而感到后悔，但当我们成功爬完后，大家却又开心起来。

回去的时候，那个女同学骑得慢多了，我坐在后面，晚风轻轻拂过我的脸庞，感觉舒服极了，已经很久没这么痛快过了。

初三下学期各种考试接踵而至，就如同世间的苦难。随着时间的流逝，好像一切都进入了紧急战备状态，一刻都不敢松懈。最令我感到头疼的除了英语考试以外，就是体育考试。为了让我们顺利拿下体育成绩，用老师的话来说，就是白给的分，你不要吗？必须拿下啊！于是，我们每天的早操变为了长跑，晚自习结束后还要两个人一组练习仰卧起坐，本来就被考试弄得头晕目眩，还要应付各种体能上的输出，一天下来真的精疲力竭。

我一直搞不懂的是，在这种情况下，班里居然还有人有时间和精力去谈恋爱，我是打心底里佩服的，其实在某个特殊的时刻，我还曾偷偷地羡慕过。比如，每天早上长跑的时候，我们都要走出校门，围绕着学校跑上两圈，体育老师说应该有五千米，但我觉得肯定不止，因为几乎每次跑下来，我都要瘫在地上。体育老师为了防止有人掉队，他总会骑着自行车在最后面跟着我们，看谁掉队了就骑到她的身旁不停地唠叨，直到那个人重新跑起来，这令我感到深恶痛绝。曾经有一次我实在跑不动了，刚走了几步，体育老师就骑了过来，他对我大声吼道："跑起来，不然用车撞你。"我心想，你敢吗？但我不敢说，于是我一下跳到了马路牙子上，他气够呛，在后面嚷嚷："你给我下来，赶快跑起来。"我心想，我傻啊！就不下去！我磨磨蹭蹭半天也没下去继续跑，他却突然没了声音，我才发现他骑远了，我顺着他骑走的方向看过去，原来是班里的一对情侣，那男同学正拉着女同学的手向前奔跑，体育老师骑得飞快，一下就骑到他们身后，把那两个人吓了一跳，手也因此松开了。我正看着发笑，体育老师就又折返回来，我赶快跑了起来，心里默默羡慕了好久。要知道，很多艰难的路，是需要有人同行的，如果那个人不在，以后也都不用在了。

再比如，班里的另一对情侣，一个是数学课代表，一个是语文课代表，两个人经常黏在一起探讨各种解不开的题，结果，两个人的偏科问题得到了很好的改善，成绩双双提高。感觉老师都认可了他们这段关系，他们也越发地明目张胆起来。一次晚自习下课后，女生居然坐到了男生的腿上，书桌上摆放着刚发下来的卷子，两个人卿卿我我地研究着，还真是羡煞旁人。很难讲这段关系是不是因利益而生，反正很多人都知道，毕业后就会各奔东西，后来听说他们并没有报考同一所高中。

除此之外，剩下的几对就很扯淡，三天两头吵架，还没熬到毕业就已经分手了。很多人还是选择把时间和精力放在目前最为重要的事情上，毕竟那会儿对爱还一知半解。年轻时听到更多的是我喜欢你，那会儿没人会说我爱你。当然长大后听到的我爱你，也未必就是真的我爱你，只是我们的感情到了更高阶的阶段，它需要升级，然而如果装备不够好，技术不到位的话，要升级是很累的一件事，唯独真爱例外。

初三下学期，好几次我周末回家，我爸都在出差。其实那会儿我爸妈感情已经出现了问题，只是我没有察觉到而已，那会儿两个人已经开始分居，但为了不影响我中考，他们合伙骗了我，这里面包括我的姥姥和姥爷。所以我常在想，如果我早些知道，爸妈会不会因为我的劝阻而不离婚了呢？这成为一个永远的谜，因为什么事都不可能重来，虽然我一直自欺欺人地相信，如果我早些知道，一定会改变这个结局，后来的后来，我终于明白，自己是错的。

中考结束后，我兴高采烈地入住我昔日的小屋时，我妈就向我摊牌了准备和我爸离婚的事，我爸其实已经有几个月没在家里住过了，这样他们就不用在我面前继续演戏了。我一时难以置信，张了半天的嘴，没有说出一个字，眼泪却一下涌了出来。原来"离婚"这个魔咒还是不肯放过我的家人，现在终于轮到我爸妈了。人们总是喜欢为悲伤找个借口，这样仿佛痛苦会来得少些，也或许大部分痛苦都是不肯离场的结果，我们把运气都用在了相遇，陪伴就显得越发奢侈了吧！

　　我的生日是一月份，从我生日那天到现在已经有五个多月没有常远的消息，我不再像一开始那样坐立难安，我渐渐觉得，他一定能处理好这些问题，之所以没跟我联系，一定是有什么难言之隐。我这个人早已习惯了不给别人添麻烦，习惯了有什么事憋在心里慢慢消化，很多人觉得我高冷，也不是没有原因的，但其实，我只是不习惯去打扰别人而已。就像今天，我没有带伞，正一个人站在商场的门口等雨停。这个季节雨开始多了起来，经常来得措手不及，将很多没有准备的人困在狼狈里。我透过商场的玻璃门，望着外面急促的雨。雨越下越大，没有停下来的意思，像是一颗颗断了线的珠子，不停地敲打在玻璃上，一道闪电过后，雨下得更大了，不一会儿就冒起了一层薄烟，像一条徐徐抖动的白纱，为每个在焦虑中躲雨的人，平添了几分惆怅。

　　我正望着它发呆，突然有人在我的肩膀上拍了一下，我即刻抽离出来，转身看向拍我的人。

　　那人留着一头利落的短发，一双丹凤眼正盯着我看，她一只手放在自己挺着的大肚子上，另一只手刚从我肩膀上移开，她朝我笑着。

　　"刘琪！"我诧异地看着她。

　　"我看着像你，你还是那么年轻。"她上下打量着我。

"三十岁的人了，能年轻到哪儿去，你一个人吗?"我望向她身后。

"就我自己，你结婚了吗?"她用一种极为关切的眼神看着我。

我笑着摇了摇头，我想这并不是她满意的答案。

"我看这雨一时半会儿也停不了，不如我们找个地方坐坐吧?"她在征求我的意见，眼神从关切转为了恳求。

于是，我和刘琪在商场里的一家咖啡店坐下了，店里人不多，我们坐在靠窗的位置，她点了一杯热牛奶，我点了一杯抹茶拿铁。

"几个月了?"我看着她的肚子，觉得过不了多久，孩子就会出生了似的。

"七个多月。"刘琪看着自己的肚子笑着，不知道为什么我觉得她的笑很诡异。

"你肯定有男朋友了吧?"她抿了一口牛奶，貌似问得很随意。

"也没有。"我笑着答完，便看向窗外。窗户上的雨使我看不清远方，我觉得她一定会后悔问我这些问题，人的好奇心真是可怕，我突然很想笑。

"婚后就再没听常远提起过你，我还合计，你结婚肯定得叫上我们呀!"她说这话时的眼神很坚定,但拿着杯子的手却有些微微的颤抖。

"我跟常远很少联系,不过结婚这种事,肯定会通知你们的。"我看着她笑。

"那是一定的,我和常远都等着吃你的喜糖呢!"她开始大口地喝着牛奶。我看着她笑,笑得很认真,我很想知道她肚子里的孩子到底是怎么回事,但我知道,只有时间会告诉我真正的答案。

今天是夏至啊!夏至是一年中最长的白日梦,这天以后阳光灿烂的时间越来越少,太阳将踏上回头路。可生活没有回头路,我们能做的只有继续前行。我爸妈离婚的那天,就是夏至,那天我一个人坐在窗边,整整一天,不想说话,也不想吃东西。那天没有下雨,太阳特别特别地大,我心里的雨却比今天下的还要大。

在我眼里,曾几何时,爸妈的爱无人能及,但还是不幸碎了一地。

落花人独立,微雨燕双飞。

很多时候我们执着于一个人、一件事、一份情,到偏执的地步,这份偏执所带来的痛苦也许远大于快乐,聪明人会选择及时止损,傻瓜会一直坚守,但后者却多了一种可能性,所以聪明人未必真聪明，傻瓜却是真傻。至于结果，很多时候只能交给命运，因为运气是随机匹配，并非平均分配。

我不喜欢半途而废这个词，甚至有些厌恶，我是个彻头彻尾的傻瓜，所以父母离婚对我打击最大。这是我人生中所经历的最美好的事物在我眼前陨落，给我所带来的困惑和挣扎，虽然一切都会过去，可明月依然，彩云何在。

小学时，班里很少有同学是单亲家庭，记忆中只有一个女同学是单亲家庭。她长得黑瘦，穿的衣服好像永远没洗干净的样子，每次交班费都特别费劲，有时候老师催了一周她才拿来钱，我们都不敢替她代交。她中午很少带饭，吃饭时也经常看不到她的影子。偶尔吃过午饭后，我和几个要好的女同学去学校门口贩卖货物的小拖车上看明信片，那时候我喜欢上了张卫健，只要是印有他的明信片，我一定要买到手，若是没有印着张卫健的明信片，我就随便翻翻。很多女同学跟我一样用省吃俭用攒下的零花钱买这些东西，现在想想真是后悔，所以长大后就再没有一个明星能从我这儿骗到钱。有好几次我翻着明信片的时候一抬眼，就看到她正蹲在学校门口吃包子或者馒头之类的东西，她不顾周围的目光，边啃着东西，边看手里捧着的书。我特别好奇她看的什么书，因为她的成绩一直不好，她家人也很少来开家长会，老师总点名批评她，但她却不以为意，久而久之老师也懒得说了。很少有女同学跟她要好，还经常有男同学跟她打仗，打赢或者打输都没见她哭过或是笑过。小学毕业后就没有了她的消息，听说她没去念对口的中学，她就这样消失了。

中学时，班里有好几个同学是单亲家庭，他们大多数家庭条件极好，但不管是跟着父亲还是母亲生活，都没人愿意好好照顾他们，应该不能说是不愿意，是没时间。他们基本都有大把的零用钱，周末回家对于他们来说才是难过的事情。他们多数都不避讳自己是单亲家庭，好几次在食堂吃饭时，其中一个女同学还向我们描述自己老爸给她找的试用期小妈如何丑陋，有时候还会让我们帮着出出主意，怎么对付她小妈。每次都说得绘声绘色，大抵意思就是她担心试用期小妈是来骗她老爸钱的，更加担心把她老爸对她本就不多的爱抢了去。我们当时都十分替她担心，但后来她描述得越来越少了，因为她爸已经给她换了好几任试用期小妈了，她也懒得担心了。后来，这几个同学普遍成为班里最早谈恋爱的人。

高中时，班里单亲家庭的越来越多，我却很少再去关注这些了，因为我已然成为其中的一分子。但我默默地告诉自己，我必须跟他们不一样，我可以将自己活成一个整体，我会代替我爸去爱我妈。当然这个过程中的挣扎、难过、煎熬，一个都没有少。我渐渐明白，破碎的东西，回不到最初，但在不能完全摒弃的时候，只能选择与之和解。我现在可以直面爸妈的选择了，至于他们之间的爱停留在之前那段日子就好，哪怕那是只有我一个人记得的爱，它真的存在过就好。

我爸妈是经人介绍认识的，两个人一见钟情，基本算是自由恋爱，除了我姥姥会横加干涉一些小事，一切都在计划之内。我妈是姥姥家那一带出了名的美人，一头乌黑的长发留到了脚踝，在脑后扎起麻花辫，那个年代特别流行大长辫子，但这种发型对脸形的要求还是很高的，我妈长了一张现在极为流行的巴掌脸，一双清澈的大眼睛，目若清泓，秀丽清纯。二十岁左右就开始出现众多的追求者，但因为姥姥对我妈管理严格，导致她一直没处过对象，很多男人乐此不疲地朝我姥姥家的院子里扔小纸条，但可惜我妈一个都没有看过，因为都被我姥姥收了去。后来姥爷厂里的一个同事上门跟我姥姥说："给你闺女介绍个对象吧！小伙子长得挺精神的，家里条件也不错，有正式工作。"姥姥一开始没答应，此人一连来了三天，姥姥终于被说服了，于是亲自带着我妈去相亲。

这段见面的戏码是我妈在离婚以前经常会讲给我听的，听得我耳朵都快起茧子了，只是后来，我想再听的时候，我妈却再也不讲了。那天两家人约好见面的地方叫铁道北，那里有一条铁轨，偶尔有火车经过，一条铁路贯穿南北，隔开东西。长大后我才知道原来很多城市都有铁道北，而人生也都有岔路，每个路口都有不同的选项等着我们。那天太阳特别大，天空像刚洗过一样湛蓝，云朵少而高，淡淡的云看上去洁净无瑕。我爸是和说媒的大爷一起出现的，那天我爸穿了一件白色的衬衫，衬衫认真洗过，衬起他坚实的臂膀，英俊中带有一抹温柔，笑起来脸上的酒窝便会深陷进去，藏进了温暖，我爸当天还推着一辆崭新的永久牌自行车，车轮在阳光下闪闪发光。我妈心动了，我姥姥也动心了，姥姥对这个未来的女婿十分地满意，心里想着真的可以考虑把自己宝贝闺女嫁给他，我爸对我妈更是一见钟情。多少年后，当我看到我妈每每给我讲起这段时，两眼中闪动的光芒，就知道这世上是有一见钟情这么一说的，虽然我从不曾遇到过。

在这之后，我爸经常在周末去我姥姥家，帮我姥姥家干些力所能及的活儿。我爸手巧，听我妈说家里有些家具是我爸亲手做的，还有我出生后用的婴儿车，也是我爸亲手做的，要知道那个年代是没有什么像样的婴儿车的，每次我妈推我出去，都会有好些人围在我身旁左看看右看看，不停地称赞婴儿车和躺在车里懵懂无知的我。虽然我一点印象也没有了，可听我妈这么一说，我却为曾经有过这么一个体面的小车而高兴不已。

我爸和我妈婚后一年就有了我，我妈说当时她还犹豫要不要这么早就要孩子，本来结婚时打算过两年再要孩子的，是我爸当机立断，说肯定要啊！他担心我妈身体不好，怕我妈遭罪，于是我就来到了这个世界。这也是他们离婚后，我妈担心我怨恨我爸，经常跟我说起的，没有我爸就没有我的原因之一。我出生的时候正好赶上过年，医院晚上会将大门上锁，我爸翻墙给我妈送饺子，为了让我妈吃上热乎的饺子，我爸把饭盒藏在怀里，他看着我妈吃完饺子，再翻墙回去。我妈说那天晚上她哭了，她说我爸离开后，她看到窗外烟花绽放，那绚烂的颜色在漆黑的夜空中异常美丽，但一瞬间就又消失在无尽的黑夜里，我妈她说，那会儿她特别想抱抱我。

我就这样在一个充满爱的家里慢慢长大了。不得不提的是我爸做饭特别好吃，每天下班回家后，他都会亲自下厨炒几个拿手菜，重点是他几乎没有不拿手的菜。我妈会陪在他身边，给他打下手的同时，两个人把一天在单位发生的有趣的或是值得关注的事情聊上一遍，饭做好了，基本也就聊完了。饭桌上就很少会去谈跟工作有关的事情，通常都是我爸打开电视，然后开始吃饭，这仿佛是他最为放松的一刻。但如果我不认真吃饭，也去看电视，我妈就会对我说，好好吃饭，吃完再看，吃饭看电视对身体不好。很多时候我特别想去抗议一下，但一想到我爸这么辛苦，觉得这应该是我妈给他开的特权吧！就只好默默低下头继续吃饭。我妈除了监督我看电视，还负责给我爸的碗里夹菜，确保我爸端起碗的时候里面肯定是有菜的，这让我好生嫉妒。

我曾经觉得这就是我想要的爱情的样子，它曾那么真实地存在过。

我小时候是个特别恋家的孩子，可能是因为这个家里充满了太多的爱。记得第一次去上幼儿园，我妈刚转身离开，我就坐在小板凳上号啕大哭，哭了一个上午，后来实在哭不动了，就睡了一个下午，回头醒了刚开始哭，我妈就来幼儿园接我了，我见到我妈马上就破涕为笑了。幼儿园老师当时跟我妈说，第一次见到这么能哭的小孩儿。回家的路上，我妈对我说，她要开始上班了，不能每天陪着我，要去赚钱给我买更多的好吃的，所以我得听老师的话。

第二天，我妈离开后，我强忍了十分钟，便又开始号啕大哭，幼儿园里其他的小朋友也因为我哭得太投入了，而被我"感动"得一起哭了起来，一时间幼儿园里哭声一片。晚上我妈来接我时，幼儿园老师跟我妈商量，要不让孩子在家先缓两天，慢慢来，别把孩子哭出病了。回家的路上，我妈生气地对我说，我如果再哭，她就不去接我了，然后她问我，听懂了吗？我嗓音嘶哑地大声说，知道了。我妈被我的声音吓了一跳，蹲下来看我的时候，眼里闪着泪光。

当天晚上，我就被我妈送到了我姥姥家，她说让我在姥姥家玩几天，下周必须开始上幼儿园，不然就不能回家住。我在姥姥家过了几天幸福生活，姥姥天天跟我念叨上幼儿园有哪些好处，其实我都没听进去，但我知道我只有上幼儿园才能回家跟爸妈一起住，于是，我跟姥姥拉钩，再去幼儿园一定不带领小朋友哭了。

后来我当真没使劲儿哭了，都是在午睡的时候躲在被子里偷偷掉眼泪。长大后，我无意中看到很多大人喜欢偷偷抹眼泪，我心里明白那种感觉，那是与最爱的人走失后的一种难以言表的失落。我妈在刚离婚那会儿就经常背着我哭，好几次我看到她用手捂着嘴，试图竭力止住抽泣，那更像是一种呜咽。后来日子长了，她偶尔会坐在床边默默地流眼泪，除了背影偶尔会微微地颤抖，几乎看不出她在哭。虽然我知道此刻她脸上一定挂着泪，但我并没有走过去的勇气。因为自己是个爱哭鬼，我担心自己会跟着她流眼泪。

我跟常远不在同一所幼儿园，我被送去了我妈单位里的幼儿园，但很快我就结识了一个好朋友，因为她在我哭的时候帮我擦过眼泪，我马上对她产生了好感。她跟其他的小女孩儿不太一样，她梳着一头短发，长得胖乎乎的，笑起来脸上有两个小小的酒窝，看上去特别可爱，我很喜欢她。后来有一天，她突然没来上幼儿园，我就特别不安，一直坐在教室门口的小板凳上等她。那天，她一直没有来，我妈来接我的时候，我一下就哭了，我妈知道了原因后，将我抱在怀里，她告诉我说："没有人会一直陪在你身边，妈妈爸爸也会慢慢离开的，长大后你就明白了。"

长大后，我真的明白了，没有谁会一直在，找个借口，谁都可以先走。

那天，我在商场偶遇刘琪，临别时刘琪问我要了电话号码，我犹豫了一下，还是留给了她。我对她和常远的关系并不看好，甚至为他们担心，她刻意表现出的幸福感，让我觉得难过，她对常远的爱曾经是那么热烈持久，到底是什么打碎了昔日的柔情蜜意？我无意探究别人的幸福，只愿一切安好，我想就这样等着常远处理好周遭的一切乱七八糟的境遇后报来的平安就好。

一个多月后，正值盛夏，最近几年的夏天都特别炎热，我寻思着在家里安个空调，无奈我妈一通劝说，说容易吹出空调病。计划迟迟拖延，估计早晚会被搁置。这几天太热，做什么都提不起精神，食欲也越来越差。晚上没有吃饭就躺在床上睡着了，醒来后已是深夜，出了一身的汗。我坐起身，看到窗前的书桌上放着一碗绿豆汤，我迫不及待地将绿豆汤喝了个精光，我妈喜欢在绿豆汤里放上冰糖，尺度把握得极好，多一分太甜，少一分无味，爱情若能如此，必会长久。一阵风吹进窗里，杨树叶子跟着沙沙作响，外面的蝉鸣声仿佛也没之前那般声嘶力竭了。我正惬意地享受着一切，突然手机响了起来，刘琪的名字映入眼帘，我看了一下时间，已经是夜里十一点多了，这么晚她找我干吗？我举着手机思索着。

"喂？"我还是接起了电话。

"是我，刘琪，这么晚了，是不是打扰到你了？"她声音有些低沉。

"有什么事吗？"我知道一定有事。

"常远，他，最近有跟你联系过吗？"她这话问得特别犹豫，像是思索了很久。

"我们一直没有联络过。"我斩钉截铁地回答她。

"这样啊！你，你能来家里看看我吗？我知道你不喜欢我。"她说这话的时候，我心里竟然有一丝疼，但更多的是忐忑，一时间不知道该怎么回答。

"我想有些话，还是应该当面跟你说，你给我这个机会好吗？"她恳切地期盼着我的答案，仿佛正等待着宣判。

那一晚，我几乎一夜未眠，躺在床上翻来覆去，却怎么都想不出刘琪为什么找我，心里烦躁，出了一身又一身的汗。这坚定了我要在房间里装空调的决心，哪怕是装在客厅也行。

第二天，我拖着昏沉的脑袋冲了个冷水澡，简单收拾一下后，就匆忙地出门了。先去了一趟超市，买了些适宜孕妇吃的东西，拎着这些直奔常远和刘琪的家。说起他们俩这个家，还是在他们结婚时去过一次，若不是刘琪发来地址，肯定这辈子是再找不到的。我按照手机上的地址找到了这个地方，一走进这个小区，记忆就开始翻滚，眼前浮现的尽是当初他俩结婚时的情景，触景生情大抵都是些悲哀的事情吧！我站在他们家门口，深吸了一口气。

刘琪挺着大肚子硬要接过我手中的东西，无奈之下我只好松了手。

"来就来，还买东西干吗！你这样我心里更过意不去。"

我环视着他们家里，发现他们家好像没什么大变化。

"你怀着孩子，我空手来，太不像话了。"

刘琪给我找了双拖鞋，我换上后，跟着她进了里屋，屋子里收拾得还算干净，她坐在床边，我坐在她对面的一把椅子上。不知道为什么，我感觉不到这屋子里的热度，甚至越待越冷，后来才知道原来是屋里开了空调，我对空调瞬间就没了好感。

"其实常远已经很久没有回家了。"刘琪不慌不忙地开了口，想必已经想了很久。

"我也很久没他的消息了，我应该帮不上什么忙。"我大概猜到了原因。

"他的手机一直关机，不过都会转到小秘书上。"她有些难过的样子。

"这很重要吗？你们之间到底出了什么问题？为什么他不回

家？"我明知故问。

"很明显他怕错失了某人的电话，但那个人不是我，我每天都在打电话给他，他从来没回过。我们之间的问题是他从来没有爱过我，他不肯回家是因为我肚子里的孩子，这孩子不是他的，因为他从来就没碰过我。"刘琪哽咽着说完所有的答案。

这些答案来得太直接，我仿佛突然被推到了悬崖边，看着下面深不见底的黑洞，我退缩了，这会儿我感到更加地冷了，我正在迷乱中徘徊，刘琪突然跪倒在我面前。

"我求你找他回来，只有你能找到他，我求求你，我预产期马上就到了，我的孩子不能没有爸爸，求你……"刘琪声嘶力竭的哀求声，在我耳边嗡嗡作响。

我拼命将刘琪扶起来，可能是一夜未眠的关系，我感觉墙壁都在颤抖，脚下有种莫名的下坠感，头晕得厉害起来。

把刘琪安抚好以后已经是下午了，我走在回去的路上，脚步无比沉重。脑海里一直回荡着刘琪的声音，我问她为什么不去找孩子真正的父亲，她泪流满面地告诉我，她不知道孩子的父亲是谁。我异常诧异地盯着她，最后她告诉我，因为常远不爱她，所以她去外面寻找一夜情去刺激他，她以为他会因此难过，结果他根本无所谓她回不回家，后来她变得更加疯狂，直到她自己累了，不想折腾了。她说，她终于明白自己怎么折腾，常远都不会爱她，她认了，想着就这样跟自己爱的人做一辈子假夫妻也挺好。可想不到上天还是不肯放过她，她怀孕了。

　　那天我没有坐车，一直走回了家，一路上夕阳渐渐消失，夏日傍晚的天空并不阴暗，那是一种明丽的蓝色，周围逐渐蔓延出暗紫色的天光，流入落霞中，我抬起头看见天边冒出来的第一颗星星，心里顿时宁静了许多。

　　这是我人生中第三次走这么远的路，第二次是在我爸妈离婚之后。那天是周末，我和我妈去姥姥家吃饭，饭桌上姥姥不停地数落我爸的种种不好，我一气之下丢下饭碗，跑出了家门。出门后，就径直朝自己家走，我庆幸那天带了家里的钥匙，不然恐怕真要露宿街头。那天的路特别地远，我才走到一半，气就消了不少，后来更是累得不行，无奈兜里没有一分钱，就只能选择继续前行。一路上很多人从我身边经过，他们并不知道我此刻有多累，我走了多久，对于他们来说，我就是个走路的人，或是刚刚开始走路的人。起初我走得飞快，轻易就甩掉了身边的行人，渐渐地我的脚步开始慢了下来，我实在是太累了。过了凌晨十二点以后，街上的人明显少了很多，除了累，我开始有些紧张，有醉汉在路边的树旁撒尿，偶尔还会有一些骑着自行车的男人从我身边经过，幸亏没有人为我停留。我下意识地加快了脚步，终于我在两点四十五分的时候进了家门，到家后我一头栽倒在床上，昏睡到了第二天中午。

我醒来后，发现我妈已经回到家中，不一会儿我就闻到了饭菜香，我一瘸一拐地走到桌边，我的脚是真疼啊！不知道到底是什么支撑我一直走到家，也许是因为我没有其他的路可以走吧！想到这里我又忍不住想哭，却又担心坐在对面的我妈看到，硬生生地把眼泪憋了回去。我随便扒了一口饭，闷头吃着，我妈却给我夹了些菜在碗里，这一刻泪水终于还是忍不住流了下来。

"你这孩子脾气像谁？"她重重地叹了口气。

"我会替他来照顾你，别怕。"我抹了一把眼泪，继续吃饭。

她愣在那里，没有说话，却红了眼眶，赶紧又夹了些菜到我的碗里。

我上小学后没多久，我爸就辞职了，拿着多年的积蓄，自己开了个仪器仪表厂。厂子不大，我爸加上工人大概十个人左右，由于他的努力拼搏，还有我爷爷在业务上的帮衬，厂里的效益还算不错。但自从开厂子以后，他就需要经常出差，虽然比之前上班时赚得多了，但也比之前上班时辛苦得多。以前每个周末他都会去我家楼下的早市买豆浆油条回来，经常是闻到油条的香味儿，我就麻溜地从被窝里爬起来，一家三口安静地吃个早餐，感觉一天都是幸福的。他开厂子以后，周末基本就没休息过，我妈就会在周末带着我去逛早市，顺便在外面的早餐摊吃个早餐。我不喜欢在早餐摊吃早餐，人多嘈杂，食客吃完后老板拎着沾满污渍的抹布把桌子一抹，那桌子看上去总是油腻腻的，害得我每次吃早餐都要刻意抬起胳膊肘。不过渐渐地我也习惯了没有我爸的早餐。除了出差，晚饭倒是基本没耽误过，我爸下班后就会回家跟我妈一起做饭，我曾认为，这是一天中最有仪式感的时刻，当然也是最美好的时光。

从小到大，我爸一直特别宠我，我想要的东西，只要不是太过分的要求，都会满足我，零花钱从未自己伸手要过。我算是传说中那个被富养的女儿。虽然后来诸多不幸，但也无法抹杀掉昔日我爸对我的爱，也许就是因为这份爱太深、太重了，在它消失掉以后，才会有一种被掏空的感觉。为了让自己好过一些，我还是选择了妥协，与这个世界里的无常和解，与人性中的自私和解，与软弱的自己和解。

从刘琪那儿回来后的第二天夜里，我给常远打了电话，电话那边很快传来一个女人的声音，说我拨打的电话已关机，但会把我的号码发送到来电小秘书。我握着电话的手竟然微微渗出了汗，耳边回响起刘琪对我说的话，她说常远一定是在等我的电话，可从我生日那天常远突然出现到现在，我都没有给他打过一个电话，其实一直在等电话的人还有我。我对刘琪的话表示怀疑，也并不想去验证它的真伪，因为结果只有两种，而两种结果都会使我难过，但我答应了刘琪会给常远打电话，我还答应她努力把常远找回来。

那天夜里，我又做梦了，梦里刘琪和常远和好如初，皆大欢喜，我站在远处望着他们渐渐走远，消失在我的视线里，我喜极而泣转身走向与之相反的方向。人在对某件事物特别期待的时候，就会产生出某种幻觉，也可能是幻听。接下来的几天里，我一直不停地去看手机上有没有未接来电，总是担心自己漏听了铃声，后来竟会偶尔听到手机响，但拿起手机的时候，却发现并没有电话打来。如此风声鹤唳让我感到惊慌，我实在讨厌这种期待的感觉，像是被拉进了刑场，等待着最后的裁决。我开始真的去怀疑刘琪的判断，也许常远只是无意中开通了小秘书功能，并不代表什么，或者他根本没有继续用这个号码，只是还未停机而已，再或者他不会是出了什么意外吧！我思绪越来越乱，经常在夜里惊醒，醒来后第一件事就是去看手机，但每次都是失望而归。

大概过了一周这样的日子，我实在是扛不住了，由于每天晚上都睡不踏实，整个人浑浑噩噩的，每天下班回家都觉得精疲力竭。我基本已经放弃了期待，我觉得常远根本不会去关注谁给他打过电话，一定是刘琪因为怀孕太敏感了些，我笑自己居然信以为真。于是，周末回家后我把手机扔在一边，倒头大睡，那一觉睡得踏实，什么都没有梦到，可能是因为太乏了，我竟没有翻过身。隐约中听到手机的铃声，起初还以为又是自己幻听，可那声音越来越真切，我爬起来的时候，才发现自己压在下面的一条胳膊已经麻了，怎么都使不上劲儿。我用左手拿起手机，是一个固定电话打来的，一个陌生的号码，我的心凉了半截，但转念一想，能证明自己不再幻听也是件好事，可能是我磨叽太久了，还没等我接起，对方就挂断了。我把手机扔下，去敲打自己麻痹的右胳膊，感觉血液正缓缓地流通起来。这时，手机再一次响起，还是刚刚的号码，我心突然一沉，继而猛烈地跳动起来，我按下接听键。

"喂，哪位？"我故作镇静，声音却有一丝颤抖。

"是我。"常远的声音清晰地从那边传递过来。

那一刻，我差点儿就哭了出来，我努力地克制着，却还是不争气地流出了眼泪。

"你在哪儿？"我尽力压低声音，担心他听出我的异样。

"我刚看到你的来电记录，发生什么事了？"他有些焦急地问。

"我挺好，就是想见见你。"这是我早已经想好的套路。

说这话时，我的心里异常矛盾，但我早已做好了决定，不能回头。

多年后，我一直觉得，去读私立中学是我人生中最为错误的决定。但很多事情发生的时候不以为意，等到惊觉，却已分隔两地，那之间的距离是怎样都拉不回来的，我只能看着它慢慢漂远，漂到海里，漂向天边。

我爸开了厂子之后家里的经济条件的确好了不少，我妈逛街时经常给我买好看的裙子，她自己也烫起了当时最流行的发型。记得那会儿中街开了一家发廊，剪头、烫头都要排队，价格也是贵得离谱。我妈周末带我逛街，路过发廊的时候就被吸引了去，排了半天的队，终于轮到我们，我指着墙上挂着的郭富城照片，对理发师说，就剪这个发型。我妈烫了一个当时最流行的爆炸头，走在街上的确回头率挺高。现在想想当时我和我妈的发型，像极了西瓜太郎和蜡笔小新他妈。

那天做完头发已经很晚了，我爸在厂子忙活一天，回家就睡着了，我和我妈蹑手蹑脚地进了家门。第二天起床，我爸吓了一跳，以为是自己进错了家门，可惜他没能认真地看上第二眼，就又出了门，我和我妈有些失落。

家庭条件日益提升也是决定我能去读私立中学的重要原因之一，或者应该说是必要条件，所以发生了那次意外事件之后，爸妈下定了送我去读私立中学的决心。我也并没有怎么抗争过，从小我就觉得父母给我的一定是最好的，从未质疑过，除了不能继续跟常远在一所学校读书，或多或少有些遗憾之外，我想不出还有什么不好，而且我想爸妈也会因为我去住校，而减轻不少负担。只是没想到负担虽少了，烦恼却多了。

我去读私立中学以后，我爸的厂里更忙了，有时候加班或是应酬，晚饭也不回家吃了。我不在家，我妈就只能自己吃饭，有时候下班一个人懒得做，就去我姥姥家对付一口。时间久了，姥姥开始担心我爸妈的夫妻关系，免不了在我妈面前唠叨几句，我妈听着烦，下班后连姥姥家也不爱去了，偶尔就去参加个同事聚会什么的，倒也不亦乐乎。那个时候，爸妈都没觉得这样的日子有什么问题，我周末回家也没感觉到和以往有什么不同，但其实他们之间已经比之前少了很多交流和沟通。当你的爱人不再想跟你分享他的所见所闻时，其实关系已经开始出现了变化，这是很多人没有发现的秘密。

过来人的经验总是更丰富一些，直觉也更敏锐一些，姥姥第一个发现了爸妈之间的问题，只是没想到她自己帮了倒忙。姥姥为了让我爸每天早点回家，或者说可能她更加担心我爸在外面会有什么不妥的事情，她跟我爸提出要去我爸厂里工作的要求。姥姥之前是做会计的，倒是能帮上一些小忙，我爸碍于情面就答应了。我爸一开始以为姥姥是为了工资去的，后来渐渐发现，姥姥是来监视他的，这令我爸感到很郁闷。每次厂里来了女客户，我爸笑脸相迎的时候，姥姥便会及时出现在我爸身后，久而久之，我爸便约客户去外面谈事了。可姜还是老的辣，姥姥竟然做出了派姥爷去跟踪我爸，一探究竟的决定。

跟踪了几次后，发现我爸就是正常的应酬，姥爷开始批评姥姥，说姥姥多疑，净瞎操心。就在姥爷想撂挑子不干的时候，却发现了一个秘密。原来，我爸偶尔会在下班以后去到一片棚户区，那边全是低矮的平房，有些已经破旧不堪，那里的路七拐八拐，姥爷一开始总是跟丢。后来时间久了，姥爷终于在一天夜里，看到我爸走进了其中一户人家的门。姥爷蹲在角落里抽烟，那一刻心里五味杂陈，也许男人更了解男人。没多久，我爸就出来了，姥爷目送我爸走远，再盯着这家歪斜的破门看了很久。

第二天一大早，姥爷又去到昨天那家的破门口。姥爷站在一旁抽烟的工夫，门开了，里面走出一个中年女人，女人睡眼惺忪，头发凌乱地披散在肩头，身材也有些走形，看上去极为普通。那女人手里端着一个红色的塑料盆，一扬手将盆里的污水洒在了门口，转身进屋后，门又关紧了。姥爷看了看脚边的水，那水在地上呈现出一种奇怪的形状，仿佛在嘲笑着谁。他扔下手中的烟头，狠狠地踩了几脚，转身离开了。

就这样，我爸的秘密，不再是秘密，我姥姥知道了，我妈也知道了，只有我不知道。我一直不知道爸妈为什么离婚，我只是被通知，当我问起离婚的原因时，爸妈说，小孩儿别问那么多。我心里却想着，我也不小了，起码我知道什么该做，什么不该做。后来，在爸妈离婚后不久的一天下午，我从睡梦中醒来，无意中听到了我爸的这个秘密，姥姥和我妈恐怕我听见，居然躲在阳台上说话。我躺在床上，听着姥姥不停地数落着我爸的种种不是，心被揪得难受，我想此刻我妈一定比我还要难受，我想冲到阳台，让姥姥闭嘴，但最终我还是选择了装睡。我闭起眼睛，任由眼泪从脸颊滑落，不一会儿枕头就湿了一片，不知道过了多久，我真的睡着了。梦里，我跟我爸面对面坐着，我问我爸，为什么要这么做，我爸说，他什么也没做，只是觉得心里堵得慌，那女人是他的发小，更懂他，论长相身材都不及我妈的一半，就只是想找个人聊聊天而已。

爱意的消亡，最明显的表现是分享欲的彻底消失。

曾经看到过一个问题，问你听过最可爱的告白是什么，答案颇为有趣。

他说："那天我在路上看到一棵形状奇怪的树，第一反应竟是拍下来给你看，那时候我就知道，要出大事了。"

其实一个人的话只有那么多，他不跟你说，一定会跟别人说。分享是生活的必需品，虽然它的形式有很多种，但存在于爱人之间的只有一种，那便是良好的及时的沟通和交流。

盛夏里总能轻易窥见天上密密麻麻的繁星，那些半明半昧的、摇摇欲坠的星星，就这样挂在漆黑的天幕中，我想也许那上面也正上演着一场颇为狗血的戏码。

我知道，常远一定会答应与我见面，从小到大这是我第一次说想见他。我为自己的狡猾感到难过，但同时我又莫名地开心，我知道若不是这样，我是怎么都不会说出口的，我的确很想念他。

我们约在一家咖啡店里，我在约定时间之前的半小时就到了，店里冷气开得很足，我找到一个靠窗的位置，那里阳光灿烂，周围也没什么人坐。大约十五分钟后，常远也到了，我知道他一定会比约定的时间早到。他有些诧异我会比他来得还早，好像已经察觉了哪里不对，看来我一向不是个伪装高手，我决定开诚布公地告诉他我的来意。

"刘琪她找过我。"我平静地看着他，阳光照进他的眼眸，那里特别清澈。

"我就知道你没事一定不会打电话给我。"他比我想象中镇静，我放松了些。

"你为什么不回家？"我很想知道这个问题的答案。

常远沉默了许久，于是我在他眼里看到了迷茫、无助，还有漠然。

"我在逃避。"他说这话时声音很小。

"孩子是无辜的，我们不能一直错，对吗？"我很想把手搭在他的手上，但我只能看着他，渴求着他的答案，我希望他能对过去的一切释然，虽然我知道自己此刻的行为很自私，也许我只是想让自己好过一点。

"我知道你想说什么，这段时间我一直在想这个问题，可我很难说服自己，我一直在等，等你找我。"他说完这些话，便看向窗外，我再看不到他的眼睛。

"对不起，我一直都觉得你能处理好一切。"我感到异常地难受。

"不是你的错，是我自己太懦弱了，这段日子我想了很多。"他回过头，朝我笑着，眼睛里闪闪发亮，原来每个善良的人心里都住着个爱哭鬼。

"预产期马上就到了。"我的心疼得不行，但我只能由着它疼。

"她赢了，怪不得当初她怎么都不肯打掉这个孩子。"常远苦笑着。

"我们都是善良的人，我相信她也是，只是爱昏了头。"我开始胡言乱语。

我和常远分别的时候，已经是黄昏时分，夕阳如往昔一般美好，熙熙攘攘的路人不停穿梭在我们身旁。我们本想一起吃个饭，无奈都没什么胃口，索性就漫无目的地走在路上，夕阳下我们的影子被拉得老长，忽明忽暗的影子不时交错在一起。

那天我们聊了很多小时候的事，很多被时光掩埋在角落里的故事，说到了小时候一起玩过家家的游戏，那里面也有刘琪的身影。我们终于笑出了声，虽然那笑里隐藏着无尽的眼泪，可那又怎样呢？一切都会过去。

VIII

相濡以沫

姥姥拿起那块手帕，

手帕虽旧，

却被洗得干干净净，

折得整整齐齐，

上面棕色的大格子已经掉色，

几乎和泛着米色的手帕融为了一体，

手帕也变得软软的，

没有了起初的倔强，

姥姥用它拭去了脸颊上的泪。

姥姥去世后，家人按照她的意愿，将她的骨灰和姥爷的葬在一起。那里有青山和绿水环抱，也许他们的爱能够得以延续。下辈子这个词在很多时候是用来扯淡的，很多人连这辈子都掌控不了，说起这个词的时候竟也信誓旦旦，好像在证明看不见的东西最真实。

人们常说地久天长是可遇不可求的事，潜台词其实是对自己对别人都难以负责。现代婚姻更多的是靠情感、文化和性等内在纽带来凝聚夫妻，与传统模式相比，它文明得多，进步得多，却也脆弱得多。人生而是自由的，却无时不在枷锁之中，婚姻真正需要的正是一种契约精神。那是生活中一种世俗的、相互搀扶的烟火爱情，是一种融合了柴米油盐酱醋茶的爱情。是无论贫穷还是富有，生病还是健康，平凡还是高贵，失败还是成功，两人都要一路搀扶，相濡以沫。是伴随着幸福与欢笑，酸楚与泪水，两个人生活在同一屋檐下，是日子一天一天地过，已经习惯了对方是自己的一部分。

此刻我正躺在床上睡眼惺忪，窗帘外的朝霞正渐渐挤进窗帘布纤维中的缝隙，星星点点的光亮闪烁其中，外面的世界也渐渐从万籁俱寂中苏醒过来。这光亮仿佛唤醒了万物。这是一种超自然的唤醒方式，就这样感受着阳光漫进整个房间，我猜想今天一定是个阳光灿烂的日子。

在我的记忆里不是每个清明节都会下雨，不过像今天这样的大晴天的确不多见。我和我妈一大早便出发去姥姥和姥爷的墓地扫墓，姥爷刚走那会儿，我来得多些，后来渐渐地习惯了把什么事都藏在心里，现在基本都是每年这个时间才会过来，也很少再去念叨一些自己的烦心事，更希望他们在那边得以清静，活着的时候为自己、为家庭、为儿女操碎了心，实在不应该再去奢望他们帮自己分担什么了，一晃就奔四的人了，如此看来自己真的是长大了。

我和我妈把墓地周围疯长的荒草除去，再一一摆上准备好的供品，每当这个时候我妈必定是要落泪的，我不忍看，每次都转身走向一边，就留她一个人跟他们待会儿。很多时候，我连回头去看看的勇气都没有，虽然我知道每个人都有这样的一天，从我们哭着来到这个世界的时候，就开始不断向这一天迈进，我常告诫自己要向死而生，但我仍然害怕看到至亲的人离开我，如果可以我希望永远不要看到我爱的人离我而去。我难过地低下头，无意中发现脚边的一朵小花，它生于杂草之中，随风摇曳，淡黄色的花蕊，极为平凡。但此刻它努力绽放着，用尽全部力气，不为任何，不求任何，生得纯粹，阳光下竟也如此美好。

回去的路上，阳光洒满了车厢，身上晒得暖洋洋的，眼睛却被刺得有些痛，我竟毫无防备地流起了眼泪。我缓缓地闭上眼睛，靠在我妈的肩膀上睡着了。那束光照进我的梦里，梦中我还是个嗷嗷待哺的孩子，我妈抱我在怀里，我爸站在我妈身后，对着我一边笑一边说"叫爸爸，爸爸"，我瞪大眼睛望着他，他的大手轻抚在我妈的肩膀上。

这是姥姥去世后的第二个清明节，回家的路上我陪我妈去了菜市场。我已经很久没有陪她逛菜市场了，这两年总是忙得不可开交，没时间多陪陪她，心里总觉得对不住她，想起我爸刚离开我们时，我对她说的话，更觉难过。但我妈却不这么想，她更希望我能有自己的生活，更不必什么事都自己硬撑，活得要像个女人一样，该软弱的时候别坚强，该撒娇的时候别逞强，虽然她早已经习惯了一个人的日子，但不希望我跟她一样。好几次，我劝我妈再找一个，都被她说笑着糊弄过去，她说："哪那么容易找啊！那么容易的话，你怎么找不到啊？"每当这个时候，我都哑口无言，是啊！哪那么容易找啊！想想也就罢了。

晚饭我妈炒了两个菜，起开了几瓶啤酒，给我也倒了一杯。很久没踏实地吃个饭了，这两年都不知道怎么过的，发生了太多意料之外的事情，紧跟着姥姥又去世了，家里也没剩下几个人了，妈妈头上已经渐渐有了白发。人这一生很难说什么是最重要的，每个人想要的不尽相同，但一个温暖的家，却是什么都换不来的，如果再有一个相濡以沫的人在这个家里等你，想必那才是最大的幸事。有些人一辈子都没有，有些人曾经有过，有些人虽伤痕累累却相携一生，这里面的学问又岂止一个爱字了得。

那天晚上我有些醉了，跟我妈聊起了很多陈年旧事，一不小心竟聊到了掩埋在我心底深处的一个秘密，其实它一直是我的一个心结，随着年龄的增长，我对这个秘密的认知程度也不断发酵，可我却一直弄不明白。那个初夏的黄昏，在神秘的金色光波下，我和姐姐爬到了五斗柜上，我们透过墙壁上的小透气窗，看到的那一幕——我们看到两个身影纠缠在一起，其中一个人不就是姥姥吗？

我妈听我讲完这个秘密，沉默了很久，她对这件事的惊讶程度显然比我预期的低了很多，看起来她只惊讶于我在那么小的年纪看到了这种苟且之事，但对事情本身我看不出她有更多的惊讶。此刻，我有些后悔提及这个秘密了，虽然我知道这件事在我心底挥之不去，它成为我对家里唯一圆满的婚姻表示质疑的原因，就像一颗种子，早已深深地埋在心底，生根发芽，每当想到这个秘密就如芒在背。但也许它只属于我和姐姐两个人，我不该让更多的人知道，让他们跟我承受一样的痛苦，我一直都把它藏得好好的啊！

在我看到姥姥对姥爷无微不至的照顾时。

在我看到姥姥一个人默默注视着姥爷遗像偷偷掉眼泪时。

在我看到姥姥临走的时候嘱咐我们一定要将骨灰合葬时。

在我凝视着姥姥和姥爷墓碑上安详的笑容时。

我想自己一定是看错了，那个黄昏到底有没有发生过这样的一幕，是不是自己根本还在睡梦之中没有醒来过呢？

我不曾向姐姐求证过此事，姐姐也一样没有再提及，就好像真的从来没有发生过一样，若不是那个黏腻的吻，我是怎样都不相信自己曾经爬上过那个柜子的。

我记起姥爷挑的桃子。

我记起姥爷憨厚的笑。

我记起姥爷为了赶回家而骑得飞快的车。

我记起姥爷病危时最后流下的泪。

这一切纠缠在一起，交织成爱与恨，幻化出不同的颜色，在我周围升腾起来，在我开始怀疑一切的时候，很多貌似真实的东西，又切实地存在过。

比如家人一个接着一个地离婚。

比如常远一直躲在暗处。

比如长夜永远是黑色的。

比如阳光总会灿烂如初。

两个人之间的秘密是上帝的秘密，三个人之间的秘密是大家的秘密。

很久之前听到这句话，却一直一知半解，直到今天，我才真正明白，原来一直困扰我的那个秘密，根本不算是什么秘密，因为知道它的人远不止两个。

我妈后来给我讲了个故事，那是比我这个秘密复杂很多的秘密，当然守着它的人也很多很多，只是没人愿意也不想去提及。有些事更适合掩埋在时光之下，更适合成为秘密。难道只有这样我们才能够幸福吗？不，是只有幸福的时候才能把这些事变为秘密。

我妈告诉我，姥姥和姥爷的婚姻曾经也出现过危机。那会儿姥姥为了让小舅舅能有个体面的工作，提前退了休；后来大舅妈生了姐姐，大舅妈的妈妈身体不好，姥姥就帮着大舅妈带姐姐；再后来我妈生了我，姥姥又帮我妈带我。那段时间，姥姥特别辛劳，很多时候都不在家，也没太多的时间关心姥爷，姥爷下班回家也没个热乎饭。后来姥爷在一次单位疗养的时候，犯了原则性的错误。对方是跟姥爷在一个单位工作的同事，平时大家就很相熟，也许是因为太熟了，才找到了这个机会，但这种事一个巴掌是拍不响的，发生了谁都难逃责任。

本来只是一次"意外"，没想到却愈演愈烈，对方的丈夫竟然找到了家里。纸终究是包不住火的，姥姥终于知道了姥爷出轨的事。当时姥爷是真的怕了，他从没想过要和姥姥离婚，虽然他们不是自由恋爱，也曾因为父母之命媒妁之言彷徨过，但婚后一直相敬如宾，相互扶持。直到这一天，姥爷才知道，他是爱姥姥的，是的，他早已爱上了姥姥而不自知。所以姥爷怎么都不肯离婚，他恳求姥姥原谅他一次，家人们也都劝姥姥给姥爷一个机会，况且年纪都这么大了，离婚是会被人笑话的。

姥姥的性格一直很要强，家里家外操持得井井有条，次次卫生之家不落榜，之前在厂里还是先进工作者。如今姥爷发生这种事情，还被人找到家里，邻里街坊面前姥姥更觉抬不起头，离与不离都会落下笑柄，自然对姥爷是又气又恨。听我妈说，姥姥那会儿真想过离婚，而且后来又横生了枝节，全家人那会儿都提心吊胆，以为这婚是离定了，没想到这横生的枝节反而让姥姥留了下来，姥姥和姥爷的婚姻也转危为安。从此，家人们都不愿再提起跟这件事有关的任何，渐渐地也都淡忘了。如果不是这次我提及那个秘密，我妈是不可能讲给我听的。

原来我和姐姐无意中发现的秘密，就是后来横生的枝节。那个跟姥姥纠缠在一起的陌生人，是姥姥年轻时喜欢过的对象，不过当时那个人家里特别穷，姥姥的父母不同意他们在一起，后来姥姥嫁给了姥爷，那个人也娶了别人。本来一切相安无事，可就在姥爷出轨的事暴露后的半年左右，姥姥居然跟这个人在菜市场偶遇了，而且当时这个人的老伴儿已经去世了，就剩下自己孤家寡人。这个人对姥姥展开了强烈的攻势，姥姥那会儿特别矛盾，她想过报复，想过一走了之，可最后她还是没有选择离婚。

我妈说，当时姥爷知道这件事后，一度特别难过，但自知理亏，就经常一个人喝大酒，生闷气。最后，姥爷决定找姥姥深谈一次。那天姥爷提前下了班，在家里准备了一桌子的菜，当然都是姥姥平时喜欢的。虽然姥爷平时很少下厨，但菜做得倒是不赖，逢年过节露上一手还挺像那么回事，以前姥姥就经常唠叨："想吃你姥爷做的菜只能等过年。"看来什么事留一手，还是很有必要的。姥爷立刻变被动为主动，他决定为追回姥姥，做最后的努力。

姥姥回家后，看到准备好的饭菜，先是愣了一下。这段日子两个人没有一起吃过一顿饭，姥姥看着一桌子的菜，湿了眼眶，但她没有让眼泪掉下来，就像她知道姥爷出轨的事情后，在众人面前没有流过一滴眼泪一样。两个人沉默着吃完饭后，相视而坐，结婚这么多年，子孙满堂，却从来没有这样安静地坐在彼此的对面。以往吃完饭姥姥都会马上起身收拾碗筷，有时候姥爷也会去搭把手，每当这个时候，姥姥就让姥爷去沏杯茶，等她收拾完，再一起喝茶，其实姥爷知道，姥姥是不想让他去刷碗。

沉默了很久后，姥爷终于开了口，他对姥姥说，如果她真的爱那个人，他愿意放手，成全他们，因为是自己做错事在先，否则说什么都不会放弃这段婚姻。

其实世上的成全无非两种，一种是放下，一种是放不下。而姥爷其实是第二种，当他知道自己真正爱上姥姥的时候，却发现此时是姥姥离自己最远的时候，他还能做什么呢？也许只有放手给姥姥真正的幸福，才是他现在唯一的选择。我想多年以后，姥爷一定为自己打了一场漂亮的翻身仗而窃喜，但他一定知道，他赢在了姥姥是爱他的。

姥姥一直沉默着没有说话，姥爷接着又说："家里的存款也不多，你都带走吧！孩子们都用不着我们操心，我用钱的地方也少，你有个什么事也能应应急，省得看别人脸色。"姥爷说完就站起身，收拾起桌上的碗筷。

姥姥一言不发，眼泪却一下子涌了出来。姥爷收拾完桌子，把桌子擦得一尘不染，灯光下桌面犹如一面镜子，他把一块手帕放到了姥姥面前的桌上，姥姥凝视着那块泛着米色的格子手帕，手帕旁隐约倒映出姥姥已爬上皱纹的脸。那手帕是他们俩结婚时姥姥送给姥爷的，想不到姥爷还带在身上。

姥姥拿起那块手帕，手帕虽旧，却被洗得干干净净，折得整整齐齐，上面棕色的大格子已经掉色，几乎和泛着米色的手帕融为了一体，手帕也变得软软的，没有了起初的倔强。姥姥用它拭去了脸颊上的泪。

从那天之后，姥姥和姥爷的婚姻又回归了正轨，那个人也再没出现过，姥姥和姥爷比以往更加爱惜彼此。失而复得总是会令人倍加珍惜，可惜不是每个人都能那么幸运，很多时候很多东西丢了就是真的丢了。

姥爷去世的那天，姥姥用这块手帕罩住了姥爷消瘦的脸庞，那手帕已经薄得像纸，凑近时还能闻到淡淡的香皂味儿。姥姥站在一旁默默地流着泪，我看了心酸，也跟着流了好多眼泪，那会儿我还不知道关于这条手帕的故事。

我妈给我讲完这个秘密，我又流了很多眼泪，我妈看着我流泪，她也跟着流了好多眼泪。我们俩又喝了几瓶啤酒，那天我们都喝醉了，哭完了笑，笑完了哭。

后来我搀扶着我妈到卧室躺下，帮她盖好被子，关了台灯，起身离开时，她却突然开口说话："你真不打算结婚了吗?"

这话悄无声息地消失在黑暗之中。我正迟疑着，却突然感到一阵恶心，冲到洗手间吐了半个小时，感觉把那天吃的喝的都吐得一干二净了。

我躲在阳台上吹风，初春的深夜竟异常地冷，点燃了手中的烟，没抽几口，就开始剧烈地咳嗽，可能是因为太久没抽了，也太久没有痛快地哭一场了，突然觉得这样的夜晚真好啊!

整个城市就这样被迫安静了下来，一切万籁俱寂，连星星都近了。

前半生里第一次喝这么多酒，我躺在床上辗转反侧，胃里一阵一阵地不舒服，想爬起来吃点东西，却又懒得动，惊叹于人生中很多事大抵如此，索性就这样迷迷糊糊地睡着了。

清晨我睡得正沉，一声闷雷突然把我惊醒，昨天没来的雨，今天还是来了，我猜想它一定为它的迟到感到不安，这一定会是场大雨。

这会儿屋子里阴沉沉的，只有一丝微弱的光亮从窗帘外映过来。这是我一直不喜欢遮光窗帘的原因，我太喜欢用这种方式去感受四季的更迭了，仿佛自己此刻就躲在这其中的一个角落里，流逝过去的只有光阴，并无其他。我不喜欢用时间去衡量，那是个没有人情味儿的词。

雷声响过，雨就跟断了线的珠子似的，劈里啪啦地敲打着玻璃窗。我又闭起了眼睛，听着外面似有若无的沙沙声，想象着远处房屋和树木渐渐隐退在一层薄纱之中，一切都开始变得朦胧起来，我仿佛置身于此。

我一个人划着船，去到一个古堡外，那城堡的墙极高，我抬起头也望不到头，当我折返回去的时候，却发现我的船消失不见了。我异常沮丧，这时天空飞来一只大鸟，有着绚丽的羽毛，它降落在我的身边，我没有立刻骑上它，它也没有走，我们就这样彼此注视着。

不知道睡了多久，等我醒来时，雨已经停了，天空虽没有立刻放晴，但屋子里已经没那么昏暗了，墙壁上时钟的指针正逗留在一点的位置。我惊叹自己睡了这么久，想着已经很久没这么踏实地睡上一觉了，竟也笑话了自己半天，不过肚子还真是饿啊！

客厅里我妈在饭桌上给我留了饭菜，盘子还有些余热，估计她出门不久。屋檐还不时滴滴答答地淌着水，猜测这雨刚停没多久。搞不清她到底有什么事情非要赶着出门，心里正嘀咕着，手机就响了起来，我缓缓地举起手机，上面显示着常远的名字，我瞬间精神了许多。

"晚上你能来一起吃饭吗？思琪她有些想你。"常远坚定的声音从远处传来。

"我去幼儿园接她吧!"我笑着望向窗外。

那里有一棵树,被雨水冲洗过的它看上去更加坚挺,树枝上已然冒出了点点绿色的嫩芽,我想过不了多久它便会开花结果。

昨晚吐了个精光,饥饿使我将眼前的饭菜一扫而光,感慨于老妈的厨艺的确精进了许多,竟也冒出一丝忧伤。忘了从什么时候开始,我妈做的饭菜终于比我爸做的饭菜更好吃了些。还记得当初他们刚离婚那会儿,我妈只会做一两个菜,更谈不上好吃,每次吃饭,我都觉得自己是用来做实验的小白鼠,那会儿经常抱怨,现在想来自己还是太不懂事了些。这些年她心里的苦,一定比我还要多。突然觉得自己也许该做点什么,为什么姥爷和姥姥能和好如初,爸妈却不能冰释前嫌呢?

出门的时候,天已经开始放晴了,春天的雨来得快,去得也快。

我和我爸相视而坐,在离他单位不远的一家咖啡店里,店里没有其他顾客,只有我俩面对面坐在窗边。

"出啥事啦,这么急?"我爸一脸疑惑地看着我。

"你跟我妈还能好吗?"我开门见山地问。

我爸感到特别意外,沉默了很久都没有说话,这么多年我没问过他任何关于离婚的问题,当初离婚的时候也没人征询过我的意见,他的反应不足为奇。

"你说，我还结婚吗？"我也不明白为什么自己突然问了这么一句。

"你都这么大了，不管做什么样的决定，只要自己开心就行。"他语调低缓。

"你开心吗？"我望向窗外，雨水冲刷过的沥青路面透出一丝肃杀的气息。

"你妈她最近身体好吗？"男人最擅长的就是转移话题，我爸也不能例外。

"我们挺好，不是她让我来的，是我自作多情。"我扭过头，努力挤出一个标准的微笑。

"我跟你说，其实很多事情和食物一样都是有保质期的，如果是过期不久又非常喜欢，很多人会选择吃掉它，但过期太久的食物，虽然还是喜欢的那个食物，也许舍不得扔，但却知道它已经坏了，变了味儿了。所以凡事都要趁着还来得及的时候……我们都老了，只要你能幸福、开心就行，其他的也不指望什么了。"我第一次觉得我爸是一个讲故事的高手，我看他细品面前的咖啡，惊呆了。

我爸喝完咖啡就匆匆去上班了，我一个人坐在店里，想待到合适的时间，再出发去幼儿园。

窗外来往的人群不停地穿梭在眼前，沥青路面也渐渐恢复了往日的风采，这场大雨仿佛没有来过一样。只有真正跟它接触过的人和物才知道它曾来过，至于真正能记得它的更是少之又少。是啊！灿烂的阳光下谁又愿意记起那些阴霾呢？

那是在常远答应回家后，大概一周左右的一个夜里，我洗过澡，还未来得及吹干头发，突然手机响了起来，我有些不耐烦地拿起手机，上面显示着常远的名字，心里突然一沉。

"喂?"我接起电话。

"你能马上来医院一趟吗?"常远焦急地问着，声音微微颤抖。

我立马穿好衣服，用最快的速度跑到楼下，来到街角时已经气喘吁吁，待我坐上出租车后，身上的衣服几近湿透，发梢还不时滴着水。司机用异样的眼光打量着我，仿佛想拒我于千里之外，但得知我要赶去医院后，他瞬间把那份好奇转化为异乎寻常的能量。那是我这辈子坐过的最疯狂的出租车，它一路狂飙，十五分钟后我到了医院，下车的时候虽惊魂未定，但我依然说了谢谢。

终于在妇产科手术室门口找到了孤立无援的常远，他两只手托住低垂的头，看上去十分沮丧。手术室正亮着红灯，那颜色异常刺眼，我毫不犹豫地向那道光束跑去，直到被笼罩其中。

那天，医生问保大人还是保孩子，刘琪一直坚持要保孩子，虽然常远最后签字的时候，还是选择保大人，但最后刘琪还是没能挺过来。

我和常远在走廊坐了一宿，任由心中的自责不断蔓延，直到一丝晨曦挤进窗户。我起身来到窗边，望着渐渐升起的太阳，那灿烂的光芒使我不停地流泪。

也许我不该让常远回家，是我的成全害了刘琪。

也许常远不该跟刘琪吵架，应该忍耐到她顺利生产。

也许刘琪不该在常远回家后不断地质问他，质问他是否因我的劝说才肯回家。可她要的不就是我劝他回家吗？我一直觉得只要常远回去，便会相安无事，看来我们都错了。

我和常远站在育儿箱旁，看着里面熟睡的宝宝，她那么小，就没有了妈妈，连爸爸是谁都还不知道。我不敢一直看她，怕因为心疼而不停流泪。

后来常远告诉我，他决定抚养她长大，让我帮忙给他女儿起个名字。我说就叫常思琪吧！不管怎样，给孩子留点念想吧！

常远对思琪说，你干妈是个作家，起的名字一定差不了。我只得在一旁苦笑。

我赶到幼儿园的时候，常远已经站在幼儿园的大门口，那里聚集着很多家长。我远远地看着他，他正探头朝幼儿园里面看着，我从没想过他会成为一个单身爸爸，更没想过我们会一起照顾思琪长大，却也从未想过再进一步。

雨后的天空干净且高远，常远拉着思琪的手向我走来，我站在原地看着他们笑。思琪发现我后，便迫不及待地跑向我，常远被她的小手使劲儿拉扯着。我走向他们，把思琪另外一只小手握在手中，她笑靥如花。

你说，相濡以沫、终老一生的爱情，现在还有吗？我说，一定有，不但有，也许我们天天都能看到。

在每个阳光灿烂的日子里，在每个阴雨绵绵的时节里，在医院拥挤的病房里，在小区推着的轮椅里，在一起劳作的田野里，在牵手而行的公园里，在农村的草屋平房里，在城市的高楼大厦里。

他们早已看淡风情岁月，他们的日子也许不浪漫，甚至很平淡，或者有点平庸，甚至有点窝囊，但他们就像两条被困在浅滩里的鱼，用湿气来延长彼此的生命。